GOLDMANN
GROSSCHRIFT

C. C. Bergius lernte das Leben gründlich kennen, ehe er zur Feder griff und Schriftsteller wurde. Zunächst war er Flugkapitän und legte über zwei Millionen Flugkilometer zurück. Mit dem Schreiben begann Bergius, als er nach dem Krieg vorübergehend nicht fliegen durfte. Sein Erfahrungsschatz kam ihm nun sehr zustatten, und die in rascher Folge entstandenen Romane, Tatsachenberichte und Biographien zeugen von der umfassenden Sachkenntnis und dem vitalen Temperament des Verfassers. Vor dem Beginn eines Buches betreibt Bergius ein intensives Quellenstudium und sucht stets die Schauplätze der Handlung auf.

Außer dem vorliegenden Band
ist von C. C. Bergius
in der Goldmann-Großschriftreihe erschienen:

Entscheidung auf Mallorca. Roman (7209)

C. C. BERGIUS

DAS WEISSE KROKODIL

ROMAN

GOLDMANN VERLAG

Ungekürzte Ausgabe

Der Goldmann Verlag
ist ein Unternehmen der Verlagsgruppe Bertelsmann

Made in Germany · 2. Auflage · 1/90
Genehmigte Taschenbuchausgabe in Großschrift

Umschlagentwurf: Design Team München
Umschlagfoto: Feulner / The Image Bank, München
Satz: IBV Satz- und Datentechnik GmbH, Berlin
Druck: Presse-Druck Augsburg
Verlagsnummer: 7247
MV · Herstellung: Sebastian Strohmaier/Voi
ISBN 3-442-07247-6

Wir leben in einer Welt, deren Wirklichkeit unwirklich und deren Unwirklichkeit wirklich geworden ist. Wir stehen somit in einem Bereich, der sich nur schwer definieren läßt; gewissermaßen zwischen *Fabel und Wirklichkeit.*

> Der Vollendete handelt ohne Tun,
> wirkt, ohne wirkend zu sein
> – entschwindet.
>
> (Lao-tse)

I

Die Bulbuls sangen bereits ihr sehnsüchtiges Lied, als die ersten Strahlen der Sonne auf die plätschernd gegen die malaiische Küste schlagenden Wellen fielen und den unter einer Palmengruppe am Ufer schlafenden greisen Tie-tie weckten. Einen Augenblick lang betrachtete er verwundert seine Umgebung, dann aber schmunzelte er verschmitzt. Er erinnerte sich daran, daß er am Tage zuvor die Hauptstraße verlassen hatte, um einen Kontrollpunkt der Japaner zu umgehen, die Malaya seit geraumer Zeit beherrschten und jeden festnahmen, der über keine ordnungsgemäßen Papiere verfügte. Woher sollte er einen Ausweis haben? Er war ein unbedeutender Mönch aus Lhasa, der gelobt hatte, nichts sein eigen zu nennen, kein Lebewesen zu töten und nur von

Almosen zu leben. Seit Jahren befand er sich auf der Wanderung von Tibet über Nordchina, Birma und Thailand nach Malaya, und in keinem Land hatte er jemals ein Dokument vorlegen müssen. Wozu auch? Schriftstücke ändern doch nichts am Wesen eines Menschen!

Noch darüber lächelnd, daß es ihm auf so einfache Weise gelungen war, die neugierigen Kontrollbeamten zu umgehen, erhob sich der greise Tie-tie, faltete die Hände vor der Stirn und flüsterte, sich verbeugend: »Om mani padme hum! O Kleinod in der Lotosblume, Amen!« Dann wünschte er allen Menschen und Tieren einen angenehmen Tag und trippelte barfüßig über den grobkörnigen Sandstrand auf das Meer zu, wobei er seine gelbe Kutte hochschürzte, um mit den Füßen ins Wasser gehen zu können.

Er bot einen komischen und gleichzeitig rührenden Anblick, als er im Bestreben, nur ja kein Lebewesen zu verletzen, behutsam in eine sanft heranrollende Welle trat und mit tiefen Zügen die nach Tang duftende Luft einatmete. Seine an Pergament erinnernden runzeligen Wangen blähten sich, und seine von ungezählten Falten und Fältchen umrahmten winzigen Augen blickten voller Dankbarkeit zum wolkenlosen Himmel empor. Sichtlich zufrieden blieb er so eine Weile im Wasser stehen, bis er sich bückte, um sich die Hände und das Gesicht zu waschen. Dann fuhr er sich durch sein schlohweißes Haar und kehrte zu der Palmengruppe zurück, unter der er die Nacht verbracht hatte.

Ein leichter Windstoß wehte seinen wie ein Seidengespinst vom Kinn herabhängenden hauchdünnen Bart zur Seite.

Recht so, dachte er gut gelaunt und nahm seinen Pilgerstab sowie einen kleinen Beutel auf, in den er seine Habseligkeiten verstaut hatte. Eine frische Brise sorgt dafür, daß es nicht zu heiß wird. Der Allmächtige tut wirklich alles, um uns das Leben zu erleichtern.

Noch einmal schaute er zu den Palmen hoch, die ihn so getreulich beschützt hatten, und nachdem er sich bei ihnen dafür bedankt hatte, schlüpfte er in seine Sandalen und machte sich auf den Weg.

Er brauchte nur etwa hundert Meter zu gehen, um die Straße zu erreichen, die er am Abend verlassen hatte. Dabei fragte er sich, ob er an diesem herrlichen Morgen als ersten einen Malaien, Inder oder Chinesen treffen würde. Er fand es wunderbar, daß in dem Land, das durch ein besonderes Ereignis zur Sehnsucht seines einfältigen Herzens geworden war, Mohammedaner und Buddhisten einträglich miteinander lebten und vielfach sogar die gleichen Tempel aufsuchten. Er hatte dies nicht gewußt, als er zu seiner über Tausende von Meilen führenden Wanderung aufgebrochen war. Seitdem er diese beglückende Feststellung aber gemacht hatte, fragte er sich jeden Morgen, wen er wohl als ersten treffen würde: einen Malaien, Inder oder Chinesen.

Es waren jedoch nicht religiöse, sondern andere Gründe, die seine Neugier weckten. Unter den Chinesen gab es etliche, die aus dem hohen Norden ihres Landes kamen, in dem er sich über ein Jahr aufgehalten hatte. Mit ihnen konnte er sich zum Teil recht gut unterhalten, was mit Indern nur selten und mit Malaien niemals möglich war. Es ging ihm allerdings nicht darum, weitläufige Gespräche zu führen oder sich jemandem mitzuteilen; er war vielmehr auf der Suche nach einem geeigneten Plätzchen, an dem er ein Gelübde erfüllen und sein Leben als Einsiedler beenden wollte. Und das machte es notwendig, sich nach entsprechenden Gegebenheiten zu erkundigen.

Mit sich und der Welt zufrieden, wanderte der greise Tie-tie an diesem, wie ihm schien, besonders verheißungsvollen Morgen über die nach Süden führende Landstraße, die nur noch zeitweilig einen Ausblick auf das Meer gestattete, als er plötzlich die Lippen spitzte und einen merkwürdigen Zwischenschritt einlegte, der nur ein vom Alter verhinderter Freudensprung sein konnte. Im nächsten Moment rutschte er eine kleine Böschung hinab, an deren Fuß er geradenwegs in eine Bananenstaude hineinpurzelte.

Ich habe gespürt, daß ich einem glückbringenden Tag entgegengehe, dachte er und kicherte über sich selbst, als er, der Länge nach am Boden liegend, von unten die Staude betrachtete, die er eben noch von oben gesehen hatte. Eigentlich sollte ich ein so schönes Gebilde nicht zerstören. Aber der Mensch kann nicht ohne Nahrung und Wahrheit leben: der Himmel läßt die Früchte für uns wachsen, und wir müssen dankbar entgegennehmen, was sich uns bietet. »Om mani padme hum!«

Nach diesem Stoßgebet, das Tie-tie, wie jeder Tibeter, viele hundertmal am Tage an den in allen Tempeln in einer Lotosblume sitzend dargestellten Verkünder der buddhistischen Lehre richtete, entnahm er seinem Beutel ein kleines Messer und schnitt vorsichtig eine Banane aus der Staude. Dann legte er sich auf den Rücken und gab sich ganz dem Genuß der köstlich duftenden Frucht hin.

Nachdem er bedächtig einige Bananen verzehrt und zwei weitere mit beinahe schuldbewußter Miene in seinen Beutel gesteckt hatte, kehrte er zur Straße zurück und machte sich erneut auf den Weg.

Die Sonne stand nun bereits ziemlich hoch, und da die Chaussee keinen Schatten bot, zog Tie-tie aus einer Falte seines Gewandes ein nicht eben sehr sauberes, aber offensichtlich vielfach gewaschenes Leinentuch, das er sich so über den Kopf legte, daß es auch sein Gesicht noch schützte. Seit über einem

Jahr schon bediente er sich dieses Tuches, genaugenommen seit jenem Tage, da er in Mandalay, der einstigen Hauptstadt des Königreiches Birma, den reißenden Irawady mit dem Fährboot eines großherzigen Birmanen überquert hatte. Noch erfüllt von den vielen Pagoden und Gebetsstationen, die er tagelang durchpilgert hatte, war er an die Reling des Schiffes getreten, um einen letzten Blick auf den im Fluß gelegenen mächtigen Inselfelsen zu werfen, den mannigfache Tempelbauten krönten, als ein jäher Windstoß seine Mönchskapuze erfaßte und sie wie eine aufgeblähte Tüte in das sprudelnd vorbeifließende Wasser schleuderte. Seit dieser Stunde benutzte er das von einer gütigen Bauersfrau erhaltene Leinentuch als Kopfbedeckung und sah er jeder Flußüberquerung mit gemischten Gefühlen entgegen.

An sein unliebsames, vom Allmächtigen aber sicherlich nicht grundlos herbeigeführtes Erlebnis auf dem Irawady erinnerte sich Tie-tie, als er nach stundenlanger Wanderung durch glühende Hitze am Nachmittag einen breiten, schwarzschimmernden Strom erreichte, an dem die Straße jäh endete.

Das Umgehen japanischer Kontrollpunkte führt allem Anschein nach doch zu keinem befriedigenden Ergebnis, dachte er betrübt, aber bereits in der nächsten Sekunde erhellte sich sein runzeliges Gesicht, da er in der Nähe des Flusses eine unter hohen

Bäumen auf Pfählen errichtete Hütte entdeckte, die mit Palmenblättern abgedeckt war. Und unter dieser typisch malaiischen Behausung hockten im Sand etliche Hühner.

Wo Federvieh sich aufhält, ist die Hausfrau nicht fern, sagte sich der greise Tie-tie und ging auf die verträumt daliegende Hütte zu, wobei er seinem Beutel einen Almosennapf entnahm und sich kräftig räusperte, um sich bemerkbar zu machen.

Als erstes reagierte ein desperat aussehender Hahn, der heisere Warnlaute ausstieß. Dann erschien ein junger Chinese im Rahmen der mit Schnüren verhangenen Tür der Hütte, die von einem schmalen Balkon umgeben war, und hinter ihm tauchte eine zierliche Frau auf, gefolgt von zwei kleinen Kindern, die nur bis knapp über den Nabel reichende Hemdchen trugen und den Mönch aus großen Augen ansahen.

Um Tie-ties schmale Lippen spielte ein heimliches Lächeln, als er angesichts des halbnackten Jungen und Mädchens sein »Om mani padme hum!« murmelte. Dann aber veränderte sich sein Mienenspiel, und er erkundigte sich erwartungsvoll, ob die ehrenwerte Familie zufällig die ihm leidlich geläufige Sprache der chinesischen Provinz Tsing-hai verstehen könne.

Der breitgesichtige und fast schon mongolisch aussehende Chinese tat einen Freudenschrei und stürzte förmlich die Treppe hinunter, um den Mönch zu umarmen. »Und ob ich dich verstehe! Du sprichst sogar genau unseren Dialekt!«

Tie-tie erstarrte. »Der Allmächtige sei mir gnädig! Wenn ich dich reden höre, sehe ich das Glitzern der Sonne im blauen Wasser des Kuku-nor.«

»An dem wurde ich geboren!« rief der junge Chinese begeistert.

»Und ich lebte dort über ein Jahr!«

»Wo?«

»Im Kloster Kumbum!«

»Sim!« rief der Chinese aufgeregt an seine Frau gewandt, die noch immer im Türrahmen stand. »Komm und begrüße den ehrwürdigen Vater. Er war in meiner Heimat und hat keine zehn Meilen von unserem Haus entfernt gewohnt! Ist das nicht eine Fügung des Himmels?« Überschwenglich umarmte er den greisen Tie-tie ein zweites Mal. »Du mußt selbstverständlich bei uns bleiben und uns erzählen, was dich nach Tsing-hai und nun nach Malaya getrieben hat.«

»Diesem Wunsch entspreche ich nur zu gerne«, erwiderte Tie-tie beglückt. »Zumal es zweifellos der ewige Himmel war, der mich hierherführte. Warum, das wissen wir nicht. Da aber in der Welt nichts grundlos geschieht, werden wir es vielleicht noch erfahren.«

Wenn es Tie-tie als lamaitischem Mönch auch nicht gestattet war, nach der Mittagsstunde noch Nahrung zu sich zu nehmen, so glaubte er es an diesem Tage doch verantworten zu können, die Schale Reis zu leeren, die ihm die an eine Jadeschnitzerei erinnernde kleine Frau des Chinesen Yen-sun mit einer anmutigen Geste reichte, nachdem er sich erfrischt und im bescheidenen Heim des jungen Paares auf einer einfachen Holzbank Platz genommen hatte. Seit einer Woche schon hatte er nichts Warmes mehr zu essen bekommen, und er war gewiß, daß der Allmächtige angesichts der besonderen Umstände nicht zürnend, sondern verständnisvoll auf ihn herabsehen würde. Dies um so mehr, als das Bild der ihn umgebenden Familie überaus erfreulich war. Yen-sun, der sich neben ihn gesetzt hatte, machte den Eindruck eines rechtschaffenen Mannes, und seiner im Hintergrund des Raumes hantierenden Frau konnte man unschwer ansehen, daß sie eine liebevolle Mutter und prächtige Lebensgefährtin war. Ganz zu schweigen von ihren Kindern, die mit rosigen Popöchen wie nicht fertig angezogene Puppen auf dem linoleumbelegten Boden saßen und gebannt zu dem fremden Mann in der gelben Kutte emporblickten.

Während Tie-tie den gebotenen Reis mit Bedacht aß, erzählte ihm Yen-sun, daß er vor Jahren aus China ausgewandert sei, um den beständigen Überfällen der Militärbanden zu entgehen, die raubend und plündernd die Lande durchzogen, Frauen vergewaltigten und jeden jungen Burschen erschlugen, der sich weigerte, in ihre Dienste zu treten. Zunächst sei es ihm freilich sehr schlecht ergangen, aber dann habe er das Glück gehabt, an den unterhalb des Hauses vorüberfließenden Muda zu kommen und den krank daniederliegenden Fährmann und Fischer Chang kennenzulernen, dem er bis zu dessen Tode die Arbeit abgenommen habe.

»Vermachte er dir dieses Haus?« erkundigte sich Tie-tie, als der junge Chinese schwieg.

»Ja«, antwortete Yen-sun. »Und dazu noch die Fähre und einen erstklassigen Fischkutter. Er hatte keine Nachkommen.«

»Dann war es Bestimmung, daß du von China hierherkamst.«

»Das habe ich auch schon oft gedacht. Besonders seit dem Tage, an dem Sim meine Frau wurde.«

»Wo hast du sie kennengelernt?«

»Auf meiner Fähre; acht Tage nachdem Chang gestorben war. Sie wollte nach Sungei Patani, um sich eine Stellung zu suchen.«

»Und da hast du sie gleich festgehalten?«

Yen-sun lachte. »So ungefähr. Es war bei uns Liebe auf den ersten Blick.«

Tie-tie nickte. »Was du als Beweis dafür ansehen kannst, daß alles auf Erden vorbestimmt ist. Wenn ich nur schon wüßte, weshalb wir uns treffen mußten. Weißt du womöglich ein abgelegenes Plätzchen, an dem ich ungestört leben könnte?«

Der junge Chinese warf ihm einen fragenden Blick zu. »Du willst in die Einsamkeit gehen?«

»Ja.«

»Aber warum denn?«

»Das, mein Sohn, ist eine lange Geschichte, an deren Ende ein Gelübde steht.«

Yen-sun rieb sich das Kinn. »Ich kenne einen Ort, der für einen Einsiedler wie geschaffen wäre. Gar nicht weit von uns entfernt, an einem Seitenarm des Muda, befindet sich eine dreistöckige Pagode, um die sich niemand mehr kümmert. Sie ist freilich dementsprechend verwahrlost, aber...«

»Was redest du da!« unterbrach ihn seine Frau aufgebracht. »Der ehrwürdige Vater darf sich keinesfalls in der Sandelholz-Pagode niederlassen!«

»Sandelholz-Pagode?« wiederholte Tie-tie beinahe träumerisch und legte seine Eßstäbchen behutsam auf die Reisschale.

»Sie ist natürlich aus Stein gebaut«, erklärte der durch den Einwurf seiner Frau unsicher gewordene Yen-sun. »Ihren Namen hat sie nach einem aus Sandelholz geschnitzten, liegend dargestellten Buddha, der sich in ihrem Inneren befindet.«

Der greise Tie-tie faltete ergriffen die Hände. »Om mani padme hum! Das ist ein Zeichen des Himmels! Wenn Buddha dort im *Nirwana-Zustand* dargestellt ist, dann...« Er brach jäh ab und verdeckte sein Gesicht.

»Was ist dann?« fragte Yen-sun verwundert.

»Dann wartet die verlassene Pagode auf mich.«

»Du darfst nicht dorthin gehen!« rief die Frau des Chinesen.

Tie-tie sah sie erstaunt an. »Und weshalb darf ich das nicht?«

»Weil dort ein weißes Krokodil sein Unwesen treibt!«

Die Augen Tie-ties weiteten sich. »Ein *weißes* Krokodil, hast du gesagt?«

»Ja! Seit Jahren haust es im brackigen Wasser des zur Pagode führenden Klongs. Niemand ist sicher vor ihm. Erst kürzlich hat es einen japanischen Soldaten ergriffen und ihn so lange unter Wasser gezerrt, bis er tot war.«

Der greise Tie-tie hörte nicht die erregten Worte der jungen Frau. Er sah im Geiste das weiße Krokodil und dachte an die Symbolik der Überlieferung, derzufolge die weiße Farbe den alles erlösenden Tod versinnbildlicht. Für ihn war das ungewöhnliche Aussehen des Tieres ein weiteres Zeichen des Himmels, den er täglich anflehte, mit seinem gegenwärtigen, nur auf Gebete und gute Werke ausgerichteten Leben dem Kreislauf der steten Wiedergeburt entfliehen zu dürfen, um endlich das *Nirwana* zu erreichen und vom Erdenleid erlöst zu sein: befreit vom *Karma*, dem unentrinnbaren Gesetz der Vergeltung aller guten und schlechten Taten, das über den Tod hinausreicht und neue Daseinsformen in der gleichen Weise bestimmt, wie Wellen fortschreiten und ein Licht das andere entzündet.

Auf Tie-ties pergamentartigen Wangen lag eine zarte Röte, als er, wie aus einer anderen Welt kommend, glücklich lächelnd zu der nun unmittelbar vor ihm stehenden zierlichen Frau aufblickte, die ihn verständnislos ansah.

»Was hast du?« fragte er betroffen, da er den Ausdruck ihres Gesichtes nicht deuten konnte.

Sie machte eine unwillige Bewegung. »Ich verstehe nicht, wie du zufrieden lächeln kannst, wenn ich erzähle, daß das weiße Krokodil einen Menschen getötet hat.«

Der greise Tie-tie erschrak und bat vielmals um Entschuldigung dafür, daß er in Gedanken anderswo gewesen sei und ihr nicht mit der gebotenen Aufmerksamkeit zugehört habe. Darüber hinaus bekundete er sein tiefempfundenes Mitleid mit dem Getöteten und versicherte, daß er ihn künftighin in seine Gebete einschließen und den Allmächtigen um Gnade für ihn bitten werde.

»Dafür danke ich dir«, entgegnete Yen-suns Frau versöhnt. »Und, nicht wahr, du versprichst mir, daß du nicht zur Sandelholz-Pagode gehen wirst.«

»Das Versprechen kann ich dir leider nicht geben«, erwiderte Tie-tie in einem um Nachsicht bittenden Tonfall. »Ich möchte es gerne, doch nachdem der Himmel mir untrügliche Zeichen sandte, muß ich...«

»Aber das Krokodil!« unterbrach sie ihn verzweifelt. »Hast du denn keine Angst vor ihm?«

»Nein«, antwortete er mit weicher Stimme. »Krokodile sind wie Tiger: sie machen aus Angst Angst. Weshalb sollte ich mich also fürchten? Ich habe dem weißen Krokodil nichts getan und werde ihm auch nichts tun; es wird sich dementsprechend verhalten und friedfertig sein. Sei also ohne Sorge.«

Seine Unbekümmertheit konnte die zierliche Chinesin nicht beruhigen. Mit immer neuen Argumenten versuchte sie, Tie-tie von seinem ihr verwegen erscheinenden Entschluß abzubringen. Er aber wollte davon nichts wissen, so daß sie in ihrer Ratlosigkeit schließlich ärgerlich erklärte: »Wer sich wissentlich in Gefahr bringt, sündigt gegen den Himmel! Was nützt es da, wenn du Gebete an ihn richtest?«

Tie-ties Augen waren voller Güte, als er ihr sanft erwiderte: »Dein Eifer ehrt dich, mein Kind. Er beweist, daß du es gut mit mir meinst. Du bedenkst nur nicht, daß alle Dinge vom Himmel gefügt sind und nichts von uns bestimmt werden kann. Wie wäre es sonst zu erklären, daß dein Mann und ich, unabhängig voneinander und aus völlig verschiedenen Gründen, am blauen Wasser des Kuku-nor den Entschluß faßten, nach Malaya auszuwandern? Und stimmt es dich nicht nachdenklich, daß wir uns hier an einer Stelle trafen, die so angelegt ist, daß wir uns unbedingt treffen mußten? Die Landstraße endet vor eurer Haustür, und es gibt nur einen Menschen, der mich hätte über den Fluß setzen können: deinen Mann! Und ausgerechnet er kennt einen von der Welt abgeschiedenen und dazu noch ganz außergewöhnlich beschaffenen Platz, der es mir in schönster Weise gestattet, mein Gelübde zu erfüllen. Bitte, versuche deshalb nicht weiter, mich von meinem Vorhaben abzuhalten. Man soll dem Menschen nur von Dingen abraten, die er mit seinem Gewissen nicht vereinbaren kann.«

II

Die väterlich gesprochenen Worte Tie-ties, die durchaus dazu angetan waren, Vertrauen zu erwekken, überzeugten die besorgte Chinesin in keiner Weise. Sie konnte sich nicht mit dem Gedanken abfinden, daß sich der liebenswerte alte Mönch in den Dschungel zurückziehen und dort einer Gefahr aussetzen wollte, die ihrer Meinung nach zu einer Katastrophe führen mußte. Die Vorstellung erregte sie so sehr, daß sie in ihrer Verwirrung einige Wäschestücke ergriff und zum Fluß hinuntereilte, um sich durch Arbeit abzulenken.

Ihr Mann blickte verständnislos hinter ihr her. »Ich begreife Sims Aufregung nicht. Jeder Mensch weiß doch, daß ein Krokodil nur gefährlich wird, wenn man es reizt. Oder wenn es Hunger hat. In den Klongs aber gibt es genügend Krebse und Fische. Der Japaner hatte selbst Schuld. Er wollte seinen Mut unter Beweis stellen und ging angesichts des am anderen Ufer in der Sonne liegenden weißen Krokodils ins Wasser. Aber... Vielleicht hätte ich doch nicht über die fast schon in Vergessenheit geratene Pagode sprechen sollen«, schloß er plötzlich wenig konsequent.

»Das mußtest du tun«, entgegnete der greise Tie-tie, wobei er den halbnackten Kindern zublinzelte, die noch immer auf dem Boden saßen und ihn wie ein Wunder anstarrten. »Der Himmel war es, der dir die Worte in den Mund legte.«

»Du glaubst, daß er mich deshalb vom Kuku-nor hierhergeschickt hat?«

Tie-tie schüttelte den Kopf. »Nicht deshalb. Alles in der Welt hat vielerlei Gründe. Denke nur daran, daß du deine Frau hier kennengelernt hast. Du warst für sie und sie war für dich auf die Erde gekommen; du mußtest somit den weiten Weg gehen, um sie zu finden.«

Yen-sun blickte verträumt vor sich hin. »Das ist eigentlich ein schöner Gedanke. Sag das nachher auch Sim. Es wird sie glücklich machen.«

Tie-tie warf ihm einen prüfenden Blick zu. »Mir scheint, du möchtest der Nutznießer sein.«

Der junge Chinese lachte aus vollem Halse. »Was ein ehrwürdiges Mönchlein nicht alles weiß! Doch nun zu dir: Was führte dich in meine Heimat und hierher?«

»Das ist mit wenigen Worten nicht gesagt und gehört zu der von mir bereits erwähnten langen Geschichte, an deren Ende mein Gelübde steht.«

»Erzähle sie mir«, bat Yen-sun.

Tie-tie strich über seinen spärlichen Bart. »Ich habe bisher noch mit niemandem darüber gesprochen, aber da unsere Wege sich schicksalhaft kreuzten, hast du wohl ein Anrecht darauf, zu erfahren, warum ich zunächst zum Kuku-nor und dann von dort nach Malaya gewandert bin. Zeit steht uns ja genügend zur Verfügung.«

»Mehr als Geld!« warf Yen-sun trocken ein.

»Worüber wir uns freuen wollen, da alles Gold der Erde kein friedliches Leben zu ersetzen vermag«, warnte Tie-tie mit erhobenem Finger. »Doch nun muß ich überlegen, wo ich mit meiner Erzählung beginnen soll. Am besten in Lhasa, da dir sonst manches nicht verständlich sein wird.«

»Warst du dort zu Hause?« erkundigte sich Yen-sun und lehnte sich erwartungsvoll zurück.

Der greise Tie-tie nickte und schloß die Augen, um mit der Schilderung eines Ereignisses zu beginnen, das über sechs Jahre zurücklag. Im Geiste erlebte er nochmals jenen ungewöhnlich heißen Tag, an dem sich über der Hauptstadt Tibets eine rostbraune Dunstschicht gebildet hatte, die sich in der Mittagsstunde so sehr verdichtete, daß es aussah, als wolle die Natur zwischen der religiösen Metropole des lamaitischen Buddhismus und dem Himmel eine jedem sichtbare Trennung vollziehen. Das Licht des Tages verblaßte, und viele der ungezählten Mönche, die bis zu dieser Minute mit schlaffen Schritten durch die glühenden Straßen der zum ›Göttersitz‹ erkorenen Stadt gepilgert waren, blickten erschrocken zur Sonne empor, die im wallenden Dunst einem blauroten, auf die Erde herabstürzenden Feuerball glich.

Drohte Lhasa Unheil, weil die Suche nach dem 14. *ozeangleichen* Oberpriester des tibetischen Buddhismus bis zur Stunde erfolglos verlaufen war? Der Geist des 13. Dalai-Lama war vor fast zwei Jahren in die *verehrungswürdige Sphäre zur Wiedergeburt* eingegangen, doch obwohl seitdem etliche Expeditionen in Richtung besonders intensiv leuchtender Regenbogen, selten gesehener Wolkengebilde und sonstiger extremer Naturerscheinungen ausgeschickt worden waren, um jenen Knaben zu finden, in den die unsterbliche Seele des 13. Dalai-Lama nach dessen Ableben zur Inkarnation eingekehrt sein mußte, war es immer noch nicht möglich gewesen, den verstorbenen Heiligen *im neuen Fleische* zu finden. Und da auch das Staatsorakel trotz vieler Befragungen keine bestimmten Hinweise gegeben hatte, war es nur zu verständlich, daß die meisten der an diesem unerträglich heißen Tage durch die Stadt ziehenden Mönche verängstigt zu dem sich verfinsternden Himmel emporblickten.

Ganz anders hingegen reagierte der Regent von Lhasa, als das Tageslicht nur noch gebrochen in seinen Arbeitsraum einfiel. Mit hastigen Schritten eilte er zum Fenster, und als er die Ursache der befremdlichen Verdunklung erkannte, warf er ekstatisch die Arme in die Höhe und rief mit vor Erregung zitternder Stimme: »Om mani padme hum! Der ewige Himmel sendet uns ein Zeichen! Noch heute müssen wir das Orakel befragen!«

Der im Hintergrund des Raumes mit bibliothekarischen Aufgaben beschäftigte Laienbruder Tie-tie sank ergriffen auf die Knie nieder, um sich tief zu verneigen und inbrünstig zu beten.

Während er noch in gebückter Haltung am Boden kauerte, kehrte der Regent an seinen Arbeitsplatz zurück und rief mit einer silbernen Glocke einen Mönch herbei, den er anwies, unverzüglich das Orakel einzuberufen. Dann forderte er den monoton »O

Kleinod in der Lotosblume!« murmelnden alten Laienbruder auf, gemeinsam mit ihm den die Seelenwanderung kontrollierenden Schutzpatron Tibets zu bitten, endlich den sehnlichst erwarteten Hinweis zu geben.

Die winzigen Augen des greisen Tie-tie hatten voller Dankbarkeit geleuchtet, und seine an Pergament erinnernden Wangen röteten sich zusehends, als er die Gebetsmühle des Regenten mit aller Macht rotieren ließ. Das sonst so vertraute Klackern der mit Tausenden von Bittsprüchen gefüllten und beklebten Trommel steigerte sich zu einem ohrenbetäubenden Rasseln, das nur noch von dem nun nicht mehr heruntergeleierten, sondern jubelnd ausgestoßenen »Om mani padme hum!« des bald achtzigjährigen Klosterbruders übertönt wurde. Pausenlos wirbelten seine schmächtigen Arme die Gebetsmühle im Kreise, bis der Regent sich erhob und ihm mit einer Handbewegung zu verstehen gab, daß er ihm folgen solle.

Tie-tie hatte seinen Vorgesetzten ungläubig angesehen. Er, der unbedeutende *Bandi* aus dem Kloster ›Ragendes Horn‹, sollte den zur Zeit höchsten Priester der Stadt zu jenem Tempel begleiten, in dem sich das Staatsorakel versammelte? Gewiß, genaugenommen war er kein Laienbruder, da er schon in jungen Jahren den Rang eines angehenden Geistlichen erworben hatte. Als er später jedoch zum *Ge-*

long geweiht werden sollte, da hatte er plötzlich darum gebeten, ihm die Würde zu versagen und ihn als einfachen *Bandi* im Kloster zu belassen. Gründe für seinen überraschenden Entschluß hatte er nicht genannt, und ihm war ein Stein vom Herzen gefallen, als man seinem Wunsche entsprach, ohne irgendwelche Fragen an ihn zu richten. Denn er hätte keine Antwort geben können. Und nun sollte er den höchsten Priester zum ›Tempel unterhalb des Reishaufens‹ begleiten?

Der Regent hatte ihm aufmunternd zugenickt. »Ich kenne die Sehnsucht deines Herzens. Darum sollst du mit mir kommen.«

Nach diesen Worten war Tie-tie mit glücklicher Miene hinter dem Hohenpriester hergetrippelt, der zuversichtlich seinen Arbeitsraum verließ, um das Staatsorakel aufzusuchen.

Der über Lhasa liegende Dunst war mittlerweile so stark geworden, daß ihn kein Sonnenstrahl mehr durchdringen konnte. Die Luft in den Straßen glich dem heißen Atem eines Ungeheuers, und gelegentliche Windstöße schleuderten glühenden Sand wie Fontänen in die Höhe.

Tie-tie achtete nicht darauf. Er fühlte sich Buddha näher denn je und dankte dem Allmächtigen für die Gnade, die ihm so unerwartet zuteil geworden war.

Als sie später aber die Stufen zum Portal des Tempels erreichten, in dem das Orakel nach dem Verbleib der unsterblichen Seele des dahingeschiedenen 13. Dalai-Lama befragt werden sollte, fiel es ihm schwer, mit dem Regenten Schritt zu halten, obwohl dieser sich nicht schnell, sondern würdevoll dem mächtigen Bronzetor näherte, vor dem etliche Würdenträger auf ihn warteten und ihm einen weiten Umhang über die Schultern legten. Von diesem Moment an hielt Tie-tie sich bescheiden zurück. Erst als der Hohepriester nach einem kurzen Gebet im verhangenen Vorhof in den Tempel eingetreten war, folgte er ihm zögernd bis zu einer im Hintergrund befindlichen Säule, neben der er wie gebannt stehenblieb, um sich ganz dem mystischen Bild hinzugeben, welches das Innere des von Butterlampen nur spärlich erhellten Tempels bot. Lediglich die vergoldeten Blätter der riesigen Lotosblume, in der die Statue Buddhas thronte, waren grell angestrahlt. Von ihnen stieg das Licht wie eine wehende Flamme an dem Dargestellten empor, dessen Ruhe ausstrahlendes Antlitz und in die Ferne gerichteter Blick nur schemenhaft zu erkennen waren.

Die anwesenden Lamas saßen seitlich auf roten Diwanen. Von den langgezogenen Schatten, die ihre kahlgeschorenen Köpfe an die Wand warfen, ging etwas Beängstigendes aus. In unheimlicher Form gemahnten sie an ein Höllenbild.

Tie-tie war zutiefst beeindruckt und griff mit klopfendem Herzen nach seinem Gebetskranz, als der Regent unter dem Gesang melancholischer Litaneien, die von dumpfen Tempeltrommeln begleitet wurden, langsam auf den in der Mitte des Heiligtums befindlichen Altar zuschritt, vor dessen matt erhellter Rampe er sich der Länge nach auf den Boden warf. Im gleichen Augenblick verstummte der Gesang und brach das Dröhnen der Trommeln ab. Totenstille herrschte, die minutenlang währte, bis jäh die Stimme eines Priesters ertönte, der in steigenden und fallenden Tonwellen mit virtuoser Geschwindigkeit »Om mani padme hum!« rief, dann aber mit einem Male seine Stimme dämpfte und die Rezitation in ein anhaltendes Gesumm übergehen ließ, das mit der Zeit jeden eigenen Gedanken verbannte. Und darauf war das Ritual abgestimmt; denn der Regent, der sich inzwischen erhoben und mit untergeschlagenen Beinen vor der Statue Buddhas Platz genommen hatte, blickte nun mit weitgeöffneten Augen wie geistesabwesend vor sich hin.

Wie lange dieser Zustand dauerte, hätte niemand sagen können, da alle Versammelten in einen tranceähnlichen Zustand gerieten, der erst endete, als der im Meditieren und Herbeiführen visueller Vergegenwärtigungen wohlgeübte Hohepriester die mystischen Keimsilben »Ah, Kâh, Mâh« ausstieß. Ein Zittern überfiel ihn, und dann stammelte er atemringend: »Ich sehe einen See... Blaues Wasser... Flimmernde Wellen im Sonnenlicht... Ein zweistöckiger Golddachtempel... Von ihm führt ein gewundener Weg... Einfaches Bauernhaus... Fremdartige Bauweise... Fremdartige...«

Zwei Lamas stürzten auf den Regenten zu und strichen ihm über die Stirn.

Er schaute zu ihnen hoch, als käme er aus einer anderen Welt. Erst nach einer ganzen Weile erkundigte er sich, ob das Orakel einen Hinweis gegeben habe.

»Ja!« jubelten über hundert Priester wie aus einem Munde. »O Kleinod in der Lotosblume! Der Himmel hat uns den Weg gewiesen!«

Der Regent erhob sich und forderte einen Würdenträger auf, ihm jedes Wort zu wiederholen, das er im Trancezustand gesprochen habe, und als seinem Wunsche entsprochen wurde, seufzte er erlöst. »Om mani padme hum! Jetzt wissen wir, wo wir den Knaben suchen müssen, in den der 13. Dalai-Lama zur Wiedergeburt eingekehrt ist. Es gibt nur einen See, der nach seinem blauen Wasser benannt wird: der Kuku-nor. Ich bin gewiß, daß wir in seiner Nähe einen zweistöckigen Golddachtempel und ein Bauernhaus in fremdartiger Bauweise finden werden. Der Kuku-nor befindet sich ja nicht in Tibet, sondern in der chinesischen Provinz Tsing-hai. Noch in dieser Woche soll eine Abordnung aufbrechen, um das 14. *ozeangleiche* Oberhaupt der ›Gelben Kirche‹ zu suchen.«

Nach Tagen geschäftiger Vorbereitungen setzte sich eine aus über hundert Yaks gebildete Karawane in Bewegung, die von einem ehrwürdigen Lama geführt und von zwanzig berittenen Militärs begleitet wurde. Weshalb letztere den Auftrag erhalten hatten, an der beschwerlichen, über fünftausend Meter hohe Pässe führenden Reise teilzunehmen, war den Expeditionsteilnehmern unerfindlich, da sie genau wußten, daß tibetische Soldaten im Falle einer Gefahr nicht zur Waffe greifen, sondern hurtig ihre Gebetsmühlen in Bewegung setzen würden. Dieses Wissen bedrückte jedoch niemanden. Im Gegenteil, den zur Auffindung des 14. Dalai-Lama Ausgesandten war es ein beruhigender Gedanke, daß es selbst im schlimmsten Falle zu keinem menschenunwürdigen Blutvergießen kommen würde. Sie alle waren eher bereit zu sterben, als zu töten, nur um das eigene Leben zu erhalten. Aber gerade darum hätte jeder gerne gewußt, weshalb das Militär sie begleiten sollte.

Auch Tie-tie, der von morgens bis abends zufrieden lächelnd auf dem Rücken eines schwerfälligen Yaks saß und seine gute Laune selbst in Stunden nicht verlor, in denen klirrende Kälte und eisige Paßwinde das Leben unerträglich machten, stellte sich oftmals diese Frage. Sie bewegte ihn besonders, weil ihm der Regent etliche Gegenstände anvertraut hatte, die dem zu suchenden Knaben prüfungshalber vorgelegt werden sollten. Was immer geschehen mochte, er mußte die ihm übergebenen Kostbarkeiten sicher an das Ziel der Reise bringen. Doch er wäre nicht er selbst gewesen, wenn ihm sein einfältiges Herz nicht geholfen hätte, die Sorge zu überwinden, die ihn dann und wann überfiel. Er glaubte an den Himmel und daran, daß Reinheit und Ruhe das Richtmaß der Welt sind.

Monate benötigte die nur langsam vorwärts kommende Karawane zur Überwindung des gewaltigen Bergrückens Transhimalayas und vieler anderer Gebirgsmassive. Sturm, Regen, Schnee und Eis waren ihre ständigen Begleiter. Der mit der Zeit doch stark geschwächte Tie-tie atmete erleichtert auf, als die Höhe des Sharu-Passes erreicht wurde und der Abstieg zum Oberlauf des Yangtsekiang beginnen konnte, nachdem alle nicht Kahlgeschorenen dem Paßgott ihr Opfer in der vorgeschriebenen Weise dargebracht hatten: jeder riß sich ein Haar aus und befestigte es mit etwas Butter an einem Felsen.

Tagelang dauerte der teilweise über gefährliche Geröllhalden hinwegführende Abstieg, dann aber strebten die Lasttiere und Pferde wie besessen dem saftigen Ufer des an dieser Stelle noch schmalen Lebensstromes Chinas entgegen. Doch kaum war der Fluß erreicht, da erschienen einige verzagt aussehende Mönche, die mit tränenerstickten Stimmen meldeten, daß der auf der Rückreise von Peking nach Lhasa befindliche Pantschen-Lama, der zweithöchste Würdenträger der ›Gelben Kirche‹, in der nicht weit entfernten Ortschaft Giergundo im Sterben liege.

Die Nachricht traf die Expeditionsteilnehmer wie ein Blitzstrahl und trieb sie auf schnellstem Wege zum Pantschen-Lama, den sie in seiner letzten Lebensstunde antrafen. Er verlangte sogleich den mit der Suche des *Heiligen im neuen Fleische* beauftragten Priester zu sprechen und sagte ihm mit schwindender Kraft, daß er aus übergroßer Sorge um die Auffindung des 14. Dalai-Lama in den vergangenen Monaten stärker denn je alle Knaben beobachtet habe, denen er auf seiner langen Reise begegnet sei. Dabei seien ihm drei besonders aufgefallen, deren Wohnorte er sich notiert habe, und er bitte inständig darum, diese als erste aufzusuchen und zu prüfen.

Der Expeditionsleiter konnte dem Pantschen-Lama gerade noch versichern, daß er seinen Wunsch erfüllen werde, dann ging der Geist des großen Gelehrten *in die verehrungswürdige Sphäre zur Wiedergeburt ein*.

Aber so bedauerlich sein Ableben auch war, die Mitglieder der Suchexpedition gerieten in eine hoffnungsvolle Stimmung und waren tief beeindruckt, als sich herausstellte, daß die vom Pantschen-Lama bezeichneten drei Wohnorte ausnahmslos in der unmittelbaren Nähe des Kuku-nor lagen. Darüber hinaus erzählten seine Reisebegleiter, daß sie eine Weile in dem nicht weit vom ›Blauen See‹ entfernt gelegenen Kloster Kumbum gewohnt hätten, dessen Tempel ein zweistöckiges Golddach ziere. Und in eben diesem Tempel habe bei einer Segenserteilung ein Knabe, den eine Bäuerin auf dem Arm getragen habe, plötzlich die Quaste des Segenszepters ergriffen und sie nicht mehr loslassen wollen. Verständlicherweise sei der Pantschen-Lama von diesem Knaben am stärksten beeindruckt gewesen, doch im Interesse einer objektiven Beurteilung der drei Kandidaten sei es sicherlich am besten, zuerst die beiden anderen aufzusuchen und zu prüfen.

Noch erfüllt von dem Gehörten, machten sich die Expeditionsteilnehmer am nächsten Morgen auf den Weg, der nun bei weitem nicht mehr so beschwerlich war. Aber es dauerte dennoch fünf Wochen, bis der Kuku-nor erreicht wurde. Und hier zweifelte schon nach wenigen Tagen niemand mehr daran, daß der dritte Kandidat der 14. Dalai-Lama sein müsse. Denn der zuerst aufgesuchte Knabe rannte beim Anblick der vielen Mönche schreiend davon; ein untrügliches Zeichen dafür, daß er nicht die Inkarnation des 13. Dalai-Lama sein konnte. Und der zweite war vor kurzem gestorben. Der dritte aber wohnte in einem chinesischen Bauernhaus, das östlich des Klosters mit dem zweistöckigen Golddachtempel lag. Und damit ließ sich vortrefflich eine Beobachtung kombinieren, die man beim Einbalsamieren des 13. Dalai-Lama gemacht hatte. Denn dessen ursprünglich zum Himmel emporgerichtet gewesenes Antlitz hatte sich nach dem Hinzutun neuen Salzes eindeutig nach Osten gewandt!

Ermutigt durch so viel positive Hinweise, bat der mit der Führung der Expedition beauftragte Priester den greisen Tie-tie, ihm sein Gewand zu leihen, damit er sich, als Laienbruder verkleidet, dem Knaben nähern könne. Er wünschte ihn einer harten Prüfung zu unterziehen, und um diese so schwer wie möglich zu machen, forderte er Tie-tie des weiteren auf, ihn in der Kleidung eines Lamas zu begleiten und ihm die Nachbildung jenes Gebetskranzes zu geben, den der verstorbene 13. Dalai-Lama täglich benützt hatte und den er sich selbst um das Handgelenk legen wollte.

Tie-tie entsprach dem Wunsch des Priesters, mit dem er bald darauf das vom Pantschen-Lama bezeichnete Gehöft aufsuchte. Sein Herz klopfte ihm in der Kehle, und er war keines Wortes fähig, als sie das Bauernhaus betraten und ihnen ein knapp vierjähriger Knabe entgegenlief, der nur ein Bestreben zu haben schien: den Gebetskranz an sich zu reißen, den der als Laienbruder verkleidete Priester trug.

»Lama, Lama!« rief er dabei mit heller Stimme, und als er den Kranz in Händen hielt, schaute er wie erlöst zu dem Priester auf und seufzte: »Se-ra Lama!«

Konnte es einen sichtbareren Beweis dafür geben, daß die unsterbliche Seele des 13. Dalai-Lama in diesen Knaben eingekehrt war? »Se-ra Lama!« hatte er gesagt und dabei unverwandt den aus Sera kommenden Leiter der Expedition angesehen! Die Anwesenden hatten nichts anderes tun können, als den Boden mit der Stirn zu berühren und inbrünstig zu beten: »Om mani padme hum! O Kleinod in der Lotosblume, Amen!«

In aller Deutlichkeit sah Tie-tie die Bilder längst vergangener Tage an sich vorüberziehen, als er dem jungen Chinesen Yen-sun erzählte, wie es zur Suche und Auffindung der Inkarnation des 13. Dalai-Lama gekommen war. Erneut hörte er die zarte Stimme des Knaben, noch einmal fühlte er sich von der Größe des Augenblicks ergriffen, der dem tibetischen Buddhismus die 14. Wiedergeburt des *ozeangleichen* Oberpriesters geschenkt hatte. Es war ihm daher, als würde er aus einem himmlischen Traum gerissen, als ihn Yen-sun unvermittelt fragte: »Und deshalb hast du gelobt, in die Einsamkeit zu gehen?«

Tie-tie schüttelte den Kopf. »Nein, das Gelübde habe ich leider erst viel später abgelegt.«

»Wieso leider?«

»Weil es uns vielleicht schon früher Hilfe gebracht hätte, wenn ich... Aber urteile selber: meine Geschichte ist nämlich noch nicht zu Ende. Kaum war bekannt geworden, daß wir den *Heiligen im neuen Fleische* gefunden hatten, da ordnete Ma Pu-fang, der Gouverneur der Provinz Tsing-hai, die Internierung des Knaben im Kloster Kumbum an. Wir waren entsetzt und beruhigten uns erst wieder, als uns ein höherer Beamter zu verstehen gab, daß wir nach Zahlung eines Lösegeldes von dreißigtausend Dollar unbehelligt unserer Wege ziehen dürften. Über eine derartige Summe verfügten wir selbstverständlich nicht; wir veranstalteten jedoch sofort eine Sammlung unter den gläubigen Buddhisten und waren bereits nach wenigen Wochen in der glücklichen Lage, den geforderten Betrag zahlen zu können. Ma Pu-fang nahm das Geld auch dankend in Empfang, erklärte aber schon in der nächsten Minute, daß er sich bedauerlicherweise gezwungen sehe, nunmehr im Auftrage der Regierung Tschiang Kai-scheks weitere hunderttausend Dollar fordern zu müssen.«

»Das war natürlich gelogen!« ereiferte sich Yen-sun.

»Bedauerlicherweise nicht«, entgegnete Tie-tie betrübt. »Anfangs dachten wir ähnliches, bis wir eines Besseren belehrt wurden. Die Kuomintang-Regierung scheute sich tatsächlich nicht, uns zu erpressen. Als wir erklärten, hunderttausend Dollar unmöglich aufbringen zu können, zeigte uns das hämische Verhalten der Abgeordneten, daß wir ihnen damit nichts Neues sagten und daß es ihnen nicht um Geld, sondern um die Sicherung eines Druckmittels gegen die tibetische Regierung ging.

Wir waren verzweifelt und wurden es immer mehr, als wir nach monatelangen Verhandlungen erkennen mußten, daß die Gegenseite zu keiner Konzession bereit war.

Doch es kam noch schlimmer. Der Regent von Lhasa sandte uns die niederschmetternde Nachricht, daß er sich außerstande sehe, den bei ihm angeforderten Betrag zur Verfügung zu stellen, da in der Nationalversammlung plötzlich das Gerücht verbreitet worden sei, er arbeite mit der chinesischen Regierung Hand in Hand und partizipiere an der als Lösegeld verlangten Summe. Er teilte uns deshalb mit, daß ihm unter den gegebenen Umständen nichts anderes übrigbleibe, als sich in die Einsamkeit zurückzuziehen und den Himmel zu bitten, den als 14. Dalai-Lama erkannten Knaben durch ein Wunder zu befreien und nach Lhasa zu führen.«

»Und das Wunder geschah?«

Tie-tie nickte mit verklärter Miene. »Allerdings nicht sogleich, sondern erst nach Ablauf eines Jahres, als die Entwicklung der Dinge so bedrückend geworden war, daß ich in meiner Verzweiflung den zweistöckigen Golddachtempel aufsuchte, in dem ich nach innigem Gebet das Gelübde ablegte, mein Leben als Einsiedler zu beenden, wenn das vom Regenten erflehte Wunder eintreten würde. Du wirst es kaum glauben, aber es vergingen nur zwei Wochen, da erschienen einige fremde Kaufleute im Kloster Kumbum, die offenherzig erklärten, daß sie auf Grund ihres Vermögens und ihrer weltweiten Geschäftsverbindungen sehr wohl in der Lage seien, den einstmals einträglichen, seit langem jedoch daniederliegenden Wollhandel des Klosters neu zu beleben, wenn man ihnen günstige Preise einräumen würde und keinen Anstoß daran nehme, daß sie Mohammedaner seien. Der Abt des Klosters hieß sie daraufhin herzlich willkommen, und als die Händler von der Auffindung und der willkürlichen Internierung des 14. Dalai-Lama hörten, erklärten sie sich spontan bereit, das geforderte Lösegeld vorzustrecken.«

»Schlaue Burschen!« warf Yen-sun ketzerisch ein. »Ihre Hilfeleistung dürfte ihnen ein hübsches Dauergeschäft eingebracht haben.«

Der greise Tie-tie sah ihn vorwurfsvoll an. »Warst du auch ein schlauer Bursche, als du dem kranken Chang die Arbeit abnahmst?«

Yen-sun blickte betreten zu Boden.

»Man soll anderen nicht unterstellen, was man selbst nicht unterstellt bekommen möchte«, fuhr

Tie-tie mit sanfter Stimme fort. »Damit will ich freilich nicht ausschließen, daß jene mohammedanischen Kaufleute kalte Rechner waren. Doch was geht uns das an? Das Leben kann schrecklich nüchtern, aber auch ein einziges Märchen sein; es kommt nur auf unseren Standpunkt an. Man kann die Auffassung vertreten: Große Fische fressen kleine, die kleinen fressen Insekten, und die Insekten nähren sich von Kräutern und Schlamm! Man kann aber auch sagen: Wie schön und gut ist es doch, daß der Lärm von sieben Weisen und sechs Gelehrten nicht nötig ist, um Fische und Insekten leben zu machen.«

Yen-sun lachte spröde. »Du hast recht, ehrwürdiger Vater. Ich werde mich bemühen, in Zukunft erst zu denken und dann zu reden. Aber nun mußt du mir noch sagen, weshalb du dein Gelübde ausgerechnet in Malaya erfüllen willst?«

Tie-tie warf ihm einen verschmitzten Blick zu. »Ich las einmal ein Buch über Südostasien, das geheime Wünsche in mir wachrief. Als die mohammedanischen Kaufleute uns nun halfen und ich hörte, daß einige von ihnen aus Malaya kamen, da habe ich mir gesagt: Der Allgegenwärtige wird es mir gewiß nicht verübeln, wenn ich mein Gelöbnis etwas erweitere und mir eine Wanderung in die Heimat jener Männer auferlege, deren gütige Hilfestellung es ermöglichte, den 14. Dalai-Lama nach Lhasa zu bringen und ihn dort feierlich zu inthronisieren.«

Yen-sun legte ihm die Hand auf die Schulter. »Bei so viel Ehrlichkeit kann der Himmel nur wohlwollend auf dich herabblicken.«

Der greise Tie-tie wollte gerade etwas erwidern, als eines der beiden Kinder, die immer noch auf dem Boden hockten, an seiner Kutte zupfte. »Allmächtiger!« entflog es ihm. »Ich rede und rede und kümmere mich kein bißchen um euch. Kommt zu mir!« fügte er liebevoll hinzu und streckte ihnen die Arme entgegen. »Setzt euch auf meinen Schoß«.

Das Mädchen entsprach seiner Bitte ohne Scheu. Ihr älterer Bruder aber blieb vor ihm stehen und fragte: »Erzählst du uns dann auch eine Geschichte?«

»Aber gewiß!« antwortete er aufgekratzt. »Ihr müßt mir nur sagen, was ihr hören wollt.«

»Eine schöne Geschichte.«

»Ja, dann laßt mich mal nachdenken«, erwiderte Tie-tie mit grüblerischer Miene. Dabei fiel sein Blick durch das Fenster auf Yen-suns Frau, die am Fluß kniete und Wäsche wusch. »Ich hab's!« sagte er plötzlich lebhaft. »Seht ihr da unten eure Mutter?«

Die Kinder schauten nach draußen und nickten.

»Und könnt ihr auch die Steine sehen, die am Ufer liegen?«

»Ja!« antworteten beide wie aus einem Munde.

»Von einem jener Steine will ich euch erzählen.

Paßt also gut auf!« Er schloß für einen Moment die Augen. »Vor nicht allzulanger Zeit lag oberhalb der Stelle, an der eure Mutter gerade wäscht, ein besonders schön geformter Kiesel, der nach Tausenden von Jahren, die er in aller Zufriedenheit verbracht hatte, mit einem Male seine unmittelbar am Waschplatz liegenden Kameraden beneidete. Der herrliche, aber nur gelegentlich zu ihm herüberwehende Geruch der zur Wäsche benützten Seife hatte es ihm angetan, und da er nicht laufen konnte, flehte er ein Ereignis herbei, das ihn in die Nähe der Seife tragen sollte. Und nun werdet ihr staunen: sein Wunsch ging in Erfüllung! Eines Nachts brach ein furchtbarer Sturm aus, der das Wasser hoch aufpeitschte, und als der Morgen graute, lag unser Stein nur noch knapp einen Meter von der Stelle entfernt, an der eure Mutter immer wäscht.«

»Liegt er da jetzt noch?« unterbrach ihn der Junge, wobei er angestrengt zum Ufer hinunterblickte.

»Das wirst du wissen, wenn ich die Geschichte zu Ende erzählt habe«, erwiderte Tie-tie. »Der Kiesel, der über seinen neuen Platz zunächst sehr glücklich gewesen war, wurde nämlich nach einigen Wochen erneut unzufrieden. Er hatte den wunderbaren Seifengeruch jetzt zwar direkt vor sich, grämte sich aber darüber, daß die Seife nie auf seinem Rücken, sondern stets auf dem eines anderen Steines abgelegt wurde. Die Eifersucht machte ihn ganz krank, und er flehte in seiner Not erneut ein außergewöhnliches Ereignis herbei, das seinen verhaßten Rivalen fortschaffen und ihn an dessen Stelle setzen sollte.

Merkwürdigerweise wurde ihm auch dieser Wunsch erfüllt. Das Boot eures Vaters stieß eines Abends anders als üblich an das Ufer und schob unseren Stein genau dorthin, wo er gerne liegen wollte. Nun war er selig, und er wußte sich vor Freude kaum zu halten, als er die weiche Seife zum ersten Mal auf seinem Rücken fühlte.

›Ach‹, dachte er, ›wie schön könnte das Leben sein, wenn ich kein einfacher Stein, sondern ein Stück Seife wäre.‹

Schon wieder nagte die Unzufriedenheit an ihm, und sie steigerte und steigerte sich, bis er eines Tages voller Entsetzen gewahrte, daß die Seife mit jeder Wäsche an Größe verlor und schließlich so klein wurde, daß sie kaum mehr aufzuheben war. Und dann rutschte sie eurer Mutter auch noch aus der Hand, und der Stein erlebte aus unmittelbarer Nähe, wie sich die Seife im Wasser auflöste und schließlich verschwand, als habe sie nie existiert.

›Das soll mir eine Lehre sein‹, sagte sich der Stein, und seit jener Stunde ist er mit sich selbst zufrieden und glücklich darüber, kein weiches Stück Seife, sondern ein harter Kiesel zu sein.«

»Und wie geht die Geschichte weiter?« fragte der Junge, als Tie-tie schwieg.

»Sie ist zu Ende!« belehrte ihn sein Vater. »Hast du sie denn nicht verstanden?«

»Nein«, antwortete der Junge mit kläglicher Stimme.

Der greise Tie-tie schloß ihn gerührt in die Arme. »Sei nicht traurig darüber. Es gibt sogar Erwachsene, die solche Geschichten nicht verstehen.«

III

Tie-ties Wunsch, schon am nächsten Tage zur Sandelholz-Pagode zu gelangen, ging nicht in Erfüllung, obwohl es für Yen-sun ein leichtes gewesen wäre, ihn in einer knappen Stunde an das Ziel seiner Wünsche zu bringen. Er tat es nicht, weil ihm seine besorgte Frau das Versprechen abgenommen hatte, den ehrwürdigen Vater nicht allein zur Pagode zu rudern, sondern gemeinsam mit den beiden Fischern, die sich im Augenblick mit seinem Kutter auf einer Fahrt nach Penang befanden. Sie hatte weniger an das weiße Krokodil gedacht, das ihr natürlich nach wie vor große Sorge bereitete, sie wünschte vielmehr, daß starke Männerhände die inmitten des Dschungels gelegene Pagode von Lianen, Schlingpflanzen, Unrat und all dem Getier befreien sollten, das sich zweifellos im Laufe der Jahre in sie eingenistet hatte. Darüber hinaus wollte sie Tie-tie einen Sack Reis mitgeben, und das konnte sie erst, wenn die mit getrockneten Fischen zu einem Großhändler entsandten Kameraden ihres Mannes nach Erledigung ihrer Geschäfte zurückgekehrt waren. Im übrigen benötigte sie auch noch eine gewisse Zeit zur Vorbereitung verschiedener Dinge, die dem liebenswerten Mönch das Leben in der Einsamkeit erleichtern sollten. Er brauchte doch Handtücher, Decken und Kochgeräte.

Ihre Geschäftigkeit beunruhigte Tie-tie. Er wollte das entbehrungsreiche Leben eines Eremiten führen und nicht das eines sich zur Ruhe setzenden Greises, das Yen-suns Frau allem Anschein nach vorschwebte. Er ließ sie jedoch gewähren, weil er sie nicht enttäuschen wollte und befürchtete, daß sie sich dann noch mehr Gedanken um ihn machen würde.

Aber er fühlte sich wie von einer Zentnerlast befreit, als Yen-suns Fischkutter nach einwöchiger Wartezeit den Fluß heraufkam und der junge Chinese ihm sagte, daß er ihn gleich am nächsten Morgen zur Sandelholz-Pagode bringen würde.

»Om mani padme hum!« flüsterte er voller Dankbarkeit, nicht ahnend, daß er wenige Minuten später zufällig Zeuge eines Gespräches werden sollte, in dessen Verlauf Yen-sun die zurückgekehrten Fischer bat, ihre wohlverdiente Ruhepause um einen Tag zu verschieben und ihn mit dem Ruderboot zum Klong des weißen Krokodils zu begleiten.

»Hast du Angst vor dem Biest?« fragte einer der beiden lachend.

»Unsinn!« erwiderte Yen-sun und fügte mit gedämpfter Stimme hinzu: »Bei uns weilt ein Mönch, der sich als Einsiedler in der verlassenen Pagode niederlassen will. Er war in meiner Heimat, und ich möchte ihm behilflich sein.«

»Und was sollen wir dabei tun?«

»Sim befürchtet, daß er im Gestrüpp des Dschungels hängenbleiben könnte. Wir sollen mit unseren Buschmessern etwas Ordnung schaffen und versuchen, das weiße Krokodil abzuknallen.«

Die Lippen Tie-ties spitzten sich. Das könnte euch so passen, dachte er mit dem ihm eigenen Gleichmut. Aber daraus wird nichts. So rührend die Sorge der kleinen Sim auch sein mag, auf mein Krokodil wird nicht geschossen!

Mein Krokodil, dachte er, und er hatte es noch nicht einmal gesehen. Doch er sah die im Bug unter einer Persenning verstauten Gewehre, als er im Morgengrauen des darauffolgenden Tages in das mit vielen nützlichen Dingen beladene Boot einstieg und auf dem hinteren Sitz Platz nahm. Unmittelbar vor ihm stand ein mit einem Netz überspannter Karton, in dem zwei verschüchtert dreinblickende Hennen hockten, die er nur mitnahm, weil er die Kinder, die ihm die Hühner zum Abschied geschenkt hatten, nicht kränken wollte. Insgeheim freute er sich natürlich über das Federvieh; ein Ei ist nicht zu verachten, und ein Gespräch mit einem Tier kann oftmals helfen, ein verlorengegangenes Herz wiederzufinden.

Yen-suns Frau standen Tränen in den Augen, als das Boot abstieß und der greise Tie-tie wie segnend seine Hand hob. Ihr Herz verkrampfte sich, da sie der Überzeugung war, daß er einer Katastrophe entgegengehe, wenn es den ihn begleitenden Männern nicht gelingen würde, das weiße Krokodil für immer zu erledigen.

Tie-tie indessen machte sich nicht die geringste Sorge. Die Hände um den zwischen den Beinen gehaltenen Pilgerstab gefaltet, schaute er glücklich über den ruhig dahinfließenden Fluß, in dem sich der morgendliche Himmel und der bis an die Ufer heranreichende Urwald glasklar spiegelten. Er genoß die Stille des beginnenden Tages, die auch die gleichmäßig rudernden Fischer und den am Bug sitzenden Yen-sun zu beeindrucken schien. Jedenfalls waren sie ungewöhnlich schweigsam. Ihre Versonnenheit wich nur in Augenblicken, in denen sich irgend etwas in der Natur regte; wenn Wildenten keckernd aus dem Schilf herausschossen, Nashornvögel ihr wütendes ›Kat-kat‹ ausstießen oder Affen plötzlich ein infernalisches Geschrei anstimmten. In solchen Momenten wanderten die Blicke der

Männer unverzüglich über das in der Nähe befindliche Ufer, und Tie-tie war sich bald darüber klar, wonach sie Ausschau hielten und was sie zu entdecken hofften: das weiße Krokodil!

Sekundenlang überfiel ihn eine panische Angst, dann kam ihm jedoch ein rettender Gedanke, den er sogleich in die Tat umsetzte. Er wandte sich an Yen-sun und bat ihn, den Platz mit ihm zu wechseln.

Der junge Chinese sah ihn verwundert an. »Ich verstehe deinen Wunsch nicht. Dein Sitz ist doch viel bequemer.«

»Möglich«, antwortete Tie-tie. »Von hier aus kann ich aber nur die Rücken der Ruderer und nicht den vor uns liegenden Fluß sehen. Außerdem ist mir gerade eine Geschichte eingefallen, die ich euch erzählen möchte.«

»Das kannst du auch von dort aus.«

»Rede du mal, wenn die Zuhörer dir den Rücken zukehren!«

Yen-sun erhob sich. »Ich gebe mich geschlagen. Aber das sage ich dir gleich: meine Kameraden werden dich nur zum Teil verstehen.«

»Ich will zufrieden sein, wenn *du* mich verstehst«, erwiderte Tie-tie, wobei er vorsichtig aufstand und die Hand ergriff, die ihm der Chinese zur Hilfestellung reichte. Dann kletterte er zwischen den Ruderern hindurch und seufzte wie erlöst, als er auf der vorderen Bank saß.

Yen-suns Kameraden unterdrückten ein aufsteigendes Lachen.

Tie-tie sah es, ließ sich jedoch nichts anmerken.

»Fühlst du dich nun wohler?« fragte Yen-sun.

»Wesentlich!« antwortete er zufrieden. »Und ich will dir auch sagen, warum. Weil ich mit ›sanfter Gewalt‹ erreichte, was ich auf andere Weise vielleicht nicht erreicht haben würde.«

Yen-sun betrachtete ihn belustigt. »Sprichst du von unserem Platzwechsel?«

»Nur bedingt. Er steht aber in engem Zusammenhang mit dem, was ich erreichen wollte.«

»Drück dich verständlicher aus«, entgegnete Yen-sun unwillig.

Tie-tie stützte sich auf seinen Pilgerstab. »Deinen Wunsch werde ich gern erfüllen. Zuvor möchte ich dir jedoch eine Geschichte erzählen, die mir eben eingefallen ist. Du wirst mich dann besser verstehen.«

»Hoffentlich!« knurrte Yen-sun.

»Bestimmt!« bekräftigte Tie-tie nachsichtig. »Und du sollst auch gleich wissen, daß ich dir kein Märchen, sondern eine wahre Begebenheit schildern werde, die sich zugetragen hat, als die Briten Rangun besetzten; also vor nahezu hundert Jahren. Die herrliche Hauptstadt beeindruckte die Engländer damals sehr, und von den Kunstschätzen waren sie so angetan, daß sie den Entschluß faßten, etliche

Kostbarkeiten in ihre Heimat abzutransportieren. Zu ihnen zählte auch die uralte, schwere Bronzeglocke der *Shwe-Dagon-Pagode*, und du wirst dir vorstellen können, in welche Erregung die Bevölkerung geriet, als das Vorhaben der Besatzungstruppe bekannt wurde. Tausende wollten die ehrwürdige Glocke mit ihrem Leben verteidigen, aber da ergriff plötzlich ein kluger Mann das Wort. In aller Ruhe erklärte er: ›Wozu edles Blut vergießen, wenn wir die Möglichkeit haben, die Briten auf andere Weise daran zu hindern, unsere geliebte Glocke fortzuschaffen.‹

›Wie können wir das?‹ bestürmten ihn die Menschen.

Er antwortete: ›Indem wir die *sanfte Gewalt* anwenden. Ich verspreche euch, daß die Glocke im Lande bleiben und eines Tages wieder in der *Shwe-Dagon* hängen wird, wenn ihr nichts gegen die Engländer unternehmt und sie ungestört tun laßt, was sie glauben, tun zu dürfen.‹

Nun, das Volk vertraute dem geheimnisvollen Mann, der sich von Stund an in der Nähe der Pagode aufhielt und mit größter Aufmerksamkeit das Abseilen der schweren Glocke verfolgte. Und er ließ sie auch nicht aus den Augen, als sie zum Fluß geschafft wurde, wo man ihn des öfteren das Schiff umrudern sah, auf das sie verladen werden sollte. Aber dann trat etwas ein, das die englischen Ingenieure erschütterte: das Seil, mit dem das kostbare Stück emporgehoben wurde, riß plötzlich, und die Glocke sauste in den Irawady, wo sie so tief in den Schlamm eindrang, daß es den Briten trotz unendlicher Bemühungen nicht gelang, sie aus dem Fluß herauszuheben.«

Yen-sun schlug sich erregt auf die Schenkel. »Hatte der geheimnisvolle Mann das Seil angeritzt?«

Tie-tie hob die Schultern. »Ich kann es dir nicht sagen.«

»Und was geschah weiter?«

»Unser Freund blieb seinem Grundsatz treu und suchte die Engländer auf, die er sehr höflich bat, ihm zu versichern, daß er mit der Glocke machen könne, was er wolle, wenn es ihm gelingen sollte, sie dem Irawady zu entreißen. Die erste Reaktion war schallendes Gelächter, doch als der merkwürdige Mann die Briten verließ, trug er die erbetene Genehmigung in Form eines Dokumentes in der Tasche. Und wenige Tage später begannen Hunderte von einheimischen Tauchern damit, riesige Bambusmengen in den unter der Glocke liegenden Schlamm zu treiben. Wochen dauerte die mühselige Arbeit, dann war der Auftrieb so groß geworden, daß die ehrwürdige Glocke verhältnismäßig leicht gehoben und schließlich im Triumphzug zur *Shwe-Dagon-Pagode* zurückgebracht werden konnte.«

»Großartig!« rief Yen-sun begeistert.

Tie-tie nickte. »Ja, ja, mit *sanfter Gewalt* läßt sich vieles erreichen.«

Der junge Chinese stutzte. »Jetzt aber heraus mit der Sprache: Was hast du erreichen wollen, als du den Platzwechsel vorschlugst?«

Der greise Tie-tie deutete auf die unter seiner Sitzbank liegenden Gewehre. »Daß ihr dem weißen Krokodil nichts antun könnt, wenn es sich zufällig zeigen sollte.«

Die letzte Strecke zur Sandelholz-Pagode führte durch einen Seitenarm des Muda, der teilweise so schmal war, daß der Urwald über ihm zusammenwuchs und ein grünschimmerndes Dach bildete, von dem armdicke Lianen wie Glockenseile bis auf das Wasser herabhingen. Das Tageslicht erstarb an solchen Stellen. Tie-tie glaubte manchmal, durch ein phantastisches Aquarium zu gleiten; ein Eindruck, der sich noch durch gluckernd aufsteigende Luftblasen, schwirrend umhersausende Libellen und träumerisch dahintorkelnde Riesenfalter verstärkte. Dann aber wurde die eigenartige und zeitweilig gespenstisch anmutende Wasserstraße wieder breiter, und es fiel ein so grelles Licht auf die Bäume, daß man geblendet die Augen schließen mußte.

Der immer wiederkehrende Wechsel von Hell

und Dunkel schien Tie-tie bedeutungsvoll zu sein und ließ ihn denken: Der Weg zur Sandelholz-Pagode gleicht dem des Lebens; durch Tore des Zweifelns und über Felder des Glaubens führt er zur Glückseligkeit.

Er hatte es kaum gedacht, da steuerte das Boot in einen kleinen See hinein, auf dem große Wasserrosen blühten, deren gut zwei Meter durchmessende und am Rand nach oben gebogene Blätter schwimmenden Inseln glichen.

»Allmächtiger!« entflog es ihm. Im nächsten Moment starrte er jedoch auf die am gegenüberliegenden Ufer errichtete Pagode, deren kühn geschwungene Dächer über den Dschungel hinweg in das Blau des Himmels hineinragten und an aufsteigende Vögel erinnerten. Sie stand auf einer künstlich geschaffenen Anhöhe, zu der in mehreren Abstufungen eine breite Steintreppe hinaufführte, die von geflügelten Löwen flankiert wurde, und wenn von weitem auch schon zu erkennen war, daß Gräser, Farne und Schlingpflanzen alles überwuchert hatten, so wirkte sie in ihrer Einsamkeit doch unberührt. Etwas Überirdisches ging von ihr aus, und Tie-tie spürte das Klopfen seines Herzens, als das Boot langsam auf sie zuglitt. Im Geiste weilte er bereits im Inneren der Pagode. Es ernüchterte ihn daher sehr, als Yen-sun ihn plötzlich lachend fragte: »Na, wie gefällt dir das Plätzchen?«

»Oh ...«, antwortete er betroffen. »Es ist so schön hier, daß ich nicht weiß, wie ich mich ausdrücken soll.«

Yen-sun nickte zustimmend. »Es ist wirklich jammerschade, daß hier alles dem Verfall preisgegeben ist.«

»Wie ist es nur dazu gekommen?« erkundigte sich Tie-tie.

Yen-sun zuckte die Achseln. »Du weißt doch, daß die Errichtung einer Pagode eine lediglich für den Erbauer verdienstvolle Tat darstellt. Also kümmert sich nach dessen Tode niemand mehr um sie, wenn nicht zufällig ein öffentliches Interesse vorliegt.«

Tie-tie blickte betrübt zu den beschwingt übereinanderstehenden Dächern empor, deren chromgelbe Majolikaziegel im Licht der Sonne wie pures Gold leuchteten. »Und wer schuf dieses herrliche Bauwerk?«

»Ein steinreicher Chinese, von dem behauptet wird, daß er nur einen Gedanken gekannt habe: keinem Menschen etwas zu hinterlassen. Ausschließlich darum soll er sein ganzes Vermögen in die Sandelholz-Pagode gesteckt haben.«

Tie-ties Gesichtsausdruck zeigte Bestürzung. »Und weshalb ließ er sie mitten im Dschungel errichten?«

»Angeblich, damit niemand einen Nutzen aus ihr

ziehen kann. Und das dürfte er erreicht haben. Wahrscheinlich ist dies die einzige Pagode, in deren Nähe weder Bettler, Wahrsager noch Andenkenhändler zu finden sind.«

»Darüber will ich mich nicht beklagen«, erwiderte Tie-tie verwirrt. »Aber wie arm muß ein Mensch sein, der zum Sklaven seiner selbst wird.«

Yen-sun machte eine wegwerfende Bewegung. »Darüber nachzudenken lohnt sich nicht.«

Da bin ich anderer Meinung, wollte Tie-tie schon entgegnen, doch dann sah er das Ufer auf sich zukommen und dachte: Rechtes im falschen Augenblick zu sagen ist falsch und trägt keine Früchte. Viel wichtiger ist es in dieser Minute, dem Allmächtigen dafür zu danken, daß er mich hierhergeführt hat. »Om mani padme hum! O Kleinod in der Lotosblume, Amen!«

Kurz darauf legte das Boot an der einstmals sicherlich sehr bequem gewesenen, nunmehr jedoch von Unkraut und vielerlei Gestrüpp bewachsenen Steintreppe an, und noch bevor die Ruderer ihre Riemen einziehen konnten, stieg Yen-sun über die mittlere Sitzbank hinweg und reichte dem greisen Tie-tie die Hand. »Komm«, sagte er mit aufmunternder Geste. »Ich halte dich. Du brauchst nicht zu befürchten, daß du fällst.«

Tie-tie betrachtete skeptisch die mit glitschigen Algen bewachsenen unteren Stufen der Treppe.

»Wäre es nicht besser, wenn du…?«

»Nein, nein«, unterbrach ihn Yen-sun. »Dies ist deine neue Heimat. Darum sollst du als erster den Boden betreten.«

Tie-tie warf ihm einen dankbaren Blick zu. Dann hob er seine Kutte und tat, wie ihm geheißen. Ganz wohl war es ihm allerdings nicht zumute, doch als er sicher auf der Treppe stand, faltete er die Hände und schaute mit verklärter Miene zur Pagode empor, bis der junge Chinese seinen Arm um ihn legte und ihn zu einer höher gelegenen trockenen Stufe geleitete.

»Am besten wird es sein, wenn du dich hierhersetzt und wartest, bis wir eine begehbare Schneise geschlagen haben«, sagte Yen-sun, wobei er prüfend über die verwilderte Treppe blickte.

Davon wollte Tie-tie nichts wissen. Er wünschte sogleich die Pagode aufzusuchen, und er ließ sich von seinem Vorhaben auch nicht abhalten, als Yen-sun ihn ärgerlich einen starrsinnigen Greis nannte, dem es nur recht geschehe, wenn er fallen und sich die Knochen brechen würde.

Tie-tie nahm ihm den temperamentvollen Ausbruch nicht übel; er wußte, daß er unvernünftig handelte. Es war ihm aber immer noch lieber, sich einen Arm oder ein Bein zu brechen, als durch untätiges Dasitzen mitschuldig am Tod von Tieren zu werden, die sich zweifellos überall eingenistet hatten und nun Gefahr liefen, unter ein schwungvoll geführtes Buschmesser zu geraten. Nur um solches zu verhindern, eilte er die unwegsamen Stufen empor, wobei er unablässig in die Hände klatschte und heisere Krächzlaute ausstieß, um eventuell auf dem Weg befindliche Tiere zu verscheuchen.

»Er ist verrückt geworden!« rief Yen-sun seinen Kameraden zu und rannte hinter Tie-tie her, der auf halber Treppenhöhe stehenblieb und verwundert in die Luft starrte.

Schleiereulen, die normalerweise erst am Abend erscheinen, lösten sich von der Pagode und strichen lautlos über ihn hinweg. Ihnen folgten Fledermäuse, Kolibris, Baumhühner und Waldschnepfen. Und dann brach ein Spektakel aus, als seien alle Dschungelbewohner mit einem Schlag erwacht. Papageien kreischten, Affen schrien, Gachos schluchzten und Gibbons lallten. Dazu das unheimlich klingende Brechen von morschen Ästen und das immer wieder gehässig ausgestoßene ›Kat-kat‹ der in hohen Baumkronen nistenden Nashornvögel.

Ein schwarzer Riesenwaran jagte über die Treppe, als Yen-sun den greisen Tie-tie erreichte und ihn auftrumpfend fragte: »Siehst du jetzt ein, daß du besser unten geblieben wärest?«

Tie-tie zeigte ein entwaffnendes Lächeln. »Im Gegenteil! Ich habe erreicht, was ich erreichen wollte. Die Tiere sind gewarnt, und eure Messer können keinen Schaden mehr anrichten.«

Yen-sun schüttelte den Kopf. »Du bist der komischste Kauz, der mir je begegnet ist.«

»Dann wirst du sicherlich Verständnis dafür haben, wenn ich dich nun bitte, nur soviel Pflanzen zu beseitigen, wie es unumgänglich notwendig ist.«

»Wie du willst«, erwiderte Yen-sun.

Tie-ties Augen waren voller Schalk. »Jetzt darfst du mich sogar zur Pagode begleiten.«

Das durch die ungewohnte Störung hervorgerufene Gezeter der Urwaldbewohner verebbte erst, als die Sonne den Zenit überschritten hatte und Yen-sun mit seinen Kameraden wieder davongerudert war. Er hatte einen gut begehbaren Aufgang zur Pagode geschaffen und dem greisen Tie-tie zum Abschied versichert, daß er ihn möglichst jeden Monat einmal aufsuchen werde. Tie-tie hatte sich darüber gefreut, da er wohl wußte, daß er sich nunmehr an einem Platz befand, von dem er sich selbst nicht entfernen konnte. Diese Überlegung bedrückte ihn jedoch nicht. Im Gegenteil, er fühlte sich wie von einer Zentnerlast befreit und war besonders glücklich, weil Yen-sun ihm zu guter Letzt auch noch das Versprechen gegeben hatte, keinesfalls auf das weiße Krokodil zu schießen und es unbehelligt seiner Wege ziehen zu lassen, wenn er oder seine Kameraden es entdecken sollten.

Vom Fuße der Treppe aus winkte Tie-tie so lange hinter den Männern her, bis er ihr Boot in den zum Muda führenden Klong einbiegen sah. Dann suchte er einen nur wenige Schritte vom Ufer entfernt stehenden Regenbaum auf, in dessen Schatten er den Karton mit den beiden Hühnern abgestellt hatte.

»Jetzt werde ich mich erst einmal um euch kümmern«, sagte er zu den verängstigt dreinschauenden Hennen, setzte sich auf den Boden und begann mit dem Lösen des Netzes, das über die Schachtel gespannt war. »Sicherlich habt ihr schon geglaubt, ich hätte euch vergessen.«

Er sprach mit den Hühnern, als seien sie Kinder, seine Gedanken jedoch gingen andere Wege, da ihn die allmählich in den Dschungel zurückkehrende Ruhe, die nur noch gelegentlich vom Schrei eines Tieres unterbrochen wurde, an sein Gelöbnis erinnerte und ihn beglückt denken ließ: Mein Wunsch ist in Erfüllung gegangen; ich bin allein mit der Sehnsucht meines Herzens.

Hätte er in diesem Augenblick nicht gerade das Netz abgestreift, würde er sich gewiß niedergekniet haben, um dem Himmel mit einem Gebet zu danken. So aber sah er sich unversehens vor die Frage gestellt, wie er die Hennen vor Raubtieren schützen könne. Keinesfalls durfte er sie frei umherlaufen lassen. In seiner Ratlosigkeit faßte er den Entschluß, sie an die Leine zu legen.

Doch wo sollte er diese an ihnen befestigen? An ihren Beinen? Das erschien ihm zu grausam, da die Hühner die Schnur nicht spüren konnten, was zur Folge haben mußte, daß ihr angebundenes Bein beim Laufen jäh zurückgehalten wurde, wodurch sie zwangsläufig ihr Gleichgewicht verlieren und stolpern mußten. Wenn er ihnen einen gewissen Auslauf gewähren und Ungemach ersparen wollte, blieb ihm nichts anderes übrig, als sie am Hals anzuleinen. Und das tat er mit so viel Geschick, daß sie nicht die geringste Unruhe zeigten.

Später aber, als er mit den wie Hunde an der Leine geführten Hennen, denen er einer plötzlichen Eingebung folgend die Namen ›Tang‹ und ›Ting‹ gegeben hatte, über die Steintreppe zur Pagode emporschritt, bedauerte er es lebhaft, sich nicht selbst sehen zu können.

Oben angekommen, befestigte er die Schnüre an einem Strauch, und nachdem er den Hühnern geraten hatte, sich tüchtig des Futters zu bedienen, das in reichlichem Maße zwischen den üppig wuchernden Farnen zu finden sei, näherte er sich der Pagode, vor deren Eingang er die Hände faltete und eine Weile in andächtigem Gebet verharrte. Anschließend wandte er sich nach links, so daß das Bauwerk rechts von ihm lag und er es im Uhrzeigersinn, dem segensreichen Lauf der Sonne folgend, auf einem schmalen Pfad umschreiten konnte, den er sich von

Yen-sun und dessen Kameraden für sakrale Umgänge hatte frei machen lassen. Sein Antlitz nahm dabei einen verklärten Ausdruck an, und während er die Pagode bedächtig umwanderte, versicherte er dem Allmächtigen, immer bestrebt zu sein, sich der ihm zuteil gewordenen Gnade würdig zu erweisen.

Ein unendliches Glücksgefühl durchströmte ihn, als er zum Eingang der Pagode zurückkehrte. Er war größtenteils von Lianen verdeckt, die er um keinen Preis hatte entfernen lassen wollen, weil er vermutete, daß Vögel und sonstiges Getier in ihnen nisteten.

Der herabfallende Pflanzenvorhang verbarg ein im Rundbogen geformtes, mit chinesischen Ornamenten verziertes Portal, das furchterregende Tempelwächter flankierten, die, den Donnerkeil schwingend, Dämonen vertreiben und die Tempelhalle schützen sollten. In ihrer Mitte standen vier vergoldete und jeweils in eine andere Himmelsrichtung blickende Statuen. Es waren die Standbilder Buddhas und seiner drei Vorgänger in dieser Weltenzeit. Ihre sanften und in die Ferne gerichteten Augen verliehen dem Raum eine überraschende Weite und Würde.

Tie-tie, der die Pagode zuvor schon mit Yen-sun aufgesucht und dafür gesorgt hatte, daß weder Käfern noch Spinnen ein Leid geschah, war erneut von der Ehrfurcht gebietenden Gestaltung des Tempels ergriffen. Unfaßlich erschien es ihm, daß das herrliche Bauwerk von einem Mann geschaffen worden war, der keinen anderen Gedanken gekannt hatte, als sein Vermögen der Nachwelt zu entziehen.

Wie arm muß er gewesen sein, und wie reich hätte er werden können, wenn er diese Pagode aus anderen Gründen errichtet haben würde, dachte Tie-tie, während er sich gesenkten Hauptes dem aus Sandelholz geschnitzten Buddha näherte, der im Hintergrund des Tempels im *Nirwana-Zustand* dargestellt war.

Der Kopf des halb auf der Seite liegenden Erhabenen ruhte auf einem stilisierten Kissen. Seine Augen waren geschlossen, und seine unter einem langen Gewand herausragenden Füße, deren Sohlen in Perlmutter ausgelegt waren, entsprachen den Abdrücken der beiden vor der Statue im Steinboden sichtbaren mystischen Fußspuren, die symbolhaft zum Ausdruck brachten, daß der Erleuchtete der Erde seinen heiligen Willen eingeprägt hat.

Die Wand hinter der in göttlicher Ruhe schlafenden Gestalt zeigte ein vergoldetes Rad, dessen acht Speichen den achtteiligen Pfad der buddhistischen Lehre versinnbildlichten.

»O Kleinod in der Lotosblume!« flüsterte Tie-tie, als er sich niedergekniet hatte und den Boden mit der Stirn berührte. »Reiche mir deine führende Hand, damit ich durch rechte *Berufung* und *An-*

schauung, rechtes *Wollen* und *Reden, Tun* und *Streben, Gedenken* und *Sichversenken* erleuchtet werde und nach Ablauf dieses Lebens, von der Wiedergeburt befreit, zur vollendeten Seelenruhe in das *Nirwana* einkehren kann.«

Nach dieser schlicht und ohne Pathos vorgetragenen Bitte erhob Tie-tie sich wie jemand, der ein gutes Gespräch mit einem Freund geführt hat. Dann blickte er prüfend um sich und begann mit einer Arbeit, die merkwürdig anmutete. Wo immer er ein Insekt, eine Raupe, Spinne, Eidechse oder sonstiges Lebewesen entdeckte, hob er es liebevoll auf, um es ins Freie zu tragen und dort behutsam abzusetzen. Dabei redete er mit ihnen, als könnten sie ihn verstehen. Er erzählte ihnen, daß ein Tempel nicht der rechte Ort für sie sei und daß es sich in der Wärme der Sonne und Schönheit der Natur viel angenehmer leben lasse als in einem dumpfen Raum, der nur wenig Nahrung und Abwechslung biete. Stundenlang wurde er nicht müde, sich immer wieder zu bücken, um winzige Tiere aufzuheben und nach draußen zu tragen. Er beendete seine seltsame Tätigkeit erst, als sich die Sonne dem Horizont näherte und es Zeit wurde, das Abendgebet zu verrichten.

Als lamaitischer Buddhist benötigte er dazu eine Gebetsmühle; er suchte deshalb den kleinen Nebenraum des Tempels auf, in dem Yen-sun ein bescheidenes Lager hergerichtet und alle mitgebrachten Habseligkeiten abgestellt hatte. Ein wenig schuldbewußt entnahm er seinem noch nicht ausgepackten Wanderbeutel die Gebetsmühle, die ihn schon seit Jahren begleitete, und nachdem er ihren mit Bittsprüchen beklebten Zylinder durch eine leichte Bewegung des Handgelenks in Rotation versetzt hatte, schritt er durch den Tempel zurück ins Freie, um mit der abendlichen Umwanderung der Pagode zu beginnen.

Er war aber noch nicht weit gekommen, da trat etwas ein, womit er nicht gerechnet hatte. Das klakkernde und weithin vernehmbare Geräusch der Gebetsmühle scheuchte ein Rudel Affen auf, das in den Bäumen geschlafen hatte, und im Nu entstand ein infernalisches Gekreische, das sich noch verstärkte, als etliche der Tiere wie zum Angriff auf die Erde herabsprangen.

Tie-tie, der erschrocken stehengeblieben war, sah den erregten Ausdruck ihrer Gesichter. »Seid unbesorgt!« rief er ihnen zu. »Ihr braucht keine Angst vor mir zu haben. Ich tue euch nichts!«

Die Affen fletschten die Zähne. Tie-tie wich unwillkürlich einen Schritt zurück. Er glaubte zwar zu wissen, daß Makaken nicht gefährlich werden können, angesichts ihrer drohenden Haltung aber war er sich seiner Sache nicht mehr ganz sicher. Verdrängen lassen wollte er sich jedoch auf keinen Fall; er drohte deshalb mit dem Finger und wiederholte, was er schon gesagt hatte.

Die Affen beeindruckte das in keiner Weise. Sie rückten näher an ihn heran, wobei sich ihr Geschrei zu einem wütenden Crescendo steigerte, so daß Tie-tie verzweifelt rief: »Nun glaubt mir doch! Ich bin nicht gekommen, um euch zu stören...«

Weiter kam er nicht, da ein dunkler Gegenstand auf ihn zuflog, der unmittelbar vor ihm auf den Boden schlug und sich als eine Durian, die Königin der Früchte, herausstellte. Und noch bevor er sich von seinem Schreck erholen konnte, hagelten weitere Geschosse aus den Bäumen heraus. Kastanienartige Rambuttans wechselten mit Bananen, Cocanacs, Papayas, Mangopflaumen und sonstigen begehrenswerten Früchten in bunter Reihenfolge, und Tie-tie wollte das Feld schon räumen, als ihn ein Gedanke durchzuckte, der seine Haltung schlagartig veränderte.

Was geschieht, wenn ich bleibe und nichts unternehme? fragte er sich. Die Affen müßten es dann eigentlich leid werden, mich pausenlos zu bombardieren.

Es reizte ihn plötzlich, die Probe aufs Exempel zu machen. Er setzte darum seine Gebetsmühle wieder in Bewegung und blieb stehen, wo er stand.

Die Makaken verfielen in eine entsetzliche Raserei. Sie schrien, als sollten sie aufgespießt werden, rasten auf Tie-tie los, machten jedoch unmittelbar vor ihm wieder kehrt und sprangen, wie von einer Tarantel gestochen, zurück auf die Bäume, aus denen weitere Fruchtsalven auf ihn herabprasselten.

Tie-tie ließ sich nicht beirren. Er schüttelte zwar mißbilligend den Kopf, dachte im übrigen aber zufrieden: Meine Verpflegung für die nächste Zeit ist gesichert. Jetzt kommt es nur darauf an, die Geduld nicht zu verlieren.

Und er verlor sie nicht, obwohl er einige Male empfindlich getroffen wurde. Er nahm es den Affen nicht übel, zog aber eine Parallele zu den Menschen, die sich ebenfalls manchmal sinnlos bombardieren. Allerdings mit dem Unterschied, daß es sich bei ihnen um wohlüberlegte Vernichtung und nicht um ein Affentheater handelt.

Seine Geduld wurde auf eine harte Probe gestellt, da die Makaken sich erst zurückzogen, als die mit der Dämmerung einsetzende Nachtjagd der übrigen Urwaldbewohner sie zwang, ihre Aufmerksamkeit auf andere Dinge zu richten.

Verständlich, daß das Ende des eigenartigen Kampfes den greisen Tie-tie nicht befriedigte. Er hätte den Affen gerne gezeigt, daß er in keinem Falle etwas gegen sie unternehmen, sich aber auch niemals von ihnen vertreiben lassen würde. Sie sollten es leid werden, ihn zu attackieren, und er freute sich insgeheim schon auf den nächsten Tag, an dem sie gewiß wieder erscheinen und ihm Gelegenheit geben würden, die Sinnlosigkeit ihres Unterfangens unter Beweis zu stellen.

So gesehen kehrte er nicht unzufrieden zum Eingang der Pagode zurück, wo er die Hennen ›Tang‹ und ›Ting‹ vom Gebüsch losleinte und in den fast schon im Dunkeln liegenden Nebenraum des Tempels führte, in dem das Lager für ihn aufgeschlagen war.

»Ihr müßt nun auch schlafen«, sagte er ihnen, nachdem er seine Sandalen ausgezogen und sich hingelegt hatte. »Und sollte euer Futter nicht so gut wie sonst gewesen sein, dann denkt daran, daß das bessere Korn immer auf dem Feld des Nachbarn wächst. Om mani padme hum! O Kleinod in der Lotosblume, Amen!«

Tie-tie fand sich nicht sogleich zurecht, als er am nächsten Morgen aus abgrundtiefem Schlaf erwachte. Erst das heisere Gackern der in dem abgeschlossenen Raum vergeblich nach Nahrung suchenden Hühner setzte sein Erinnerungsvermögen wieder in Gang und ließ ihn erschrocken auffahren.

»Allmächtiger!« entfuhr es ihm. »Ich habe ja ganz vergessen...« Ohne den Satz zu beenden, nahm er ›Tang‹ und ›Ting‹ unter die Arme und lief mit ihnen, sein übliches Stoßgebet murmelnd, durch den Tempel nach draußen, um ihnen so schnell wie möglich Wasser zu geben.

»Es tut mir leid, daß ich gestern abend nicht daran gedacht habe«, keuchte er, während er die Stufen zum See hinuntereilte. »Wenn die Affen nicht gewesen wären... Noch heute werde ich oben einen Behälter aufstellen.«

Am See angekommen, setzte er die Hennen auf eine Grasfläche, in welche er unmittelbar am Ufer eine kleine Vertiefung stampfte, die er anschließend mit Wasser füllte.

›Tang‹ und ›Ting‹ bedienten sich sogleich des köstlichen Nasses, und Tie-tie, der ihnen voller Zufriedenheit zuschaute, beobachtete das bedächtige Heben und Zurücklegen ihrer Köpfe so angelegentlich, daß er einen ungewöhnlich schnell und niedrig über den See hinwegstreichenden Vogel nicht bemerkte, der ihn gewiß alarmiert haben würde, wenn er ihn gesehen hätte. Denn Yen-sun hatte ihm mehrfach erklärt, unbedingt das Ufer zu meiden, wenn sich der schwarz-weiß gebänderte und außerordentlich tief fliegende *Trochylus* zeigen sollte. Glücklicherweise hatte ihm der junge Chinese aber nicht nur das Aussehen und Verhalten dieses Vogels beschrieben; er hatte auch dessen unverkennbaren Ruf nachgeahmt, und Tie-tie erschrak deshalb sehr, als er plötzlich das typische »Tschip-tschip-hooiiit« des vielfach als ›Krokodilwächter‹ bezeichneten Trochylus vernahm.

Mit einer Geschwindigkeit, die jeden verblüfft haben würde, ergriff er die Hennen und rannte mit ihnen zur Steintreppe zurück, auf der er erst stehenblieb, als ihn etliche Stufen vom See trennten. Und dann sah er, daß er sich nicht getäuscht hatte: eine leichte Kiellinie hinter sich herziehend, schwamm das weiße Krokodil fast genau auf die Stelle zu, an der er den Hühnern eine Tränke bereitet hatte. Der Körper des Tieres war nicht zu sehen; erkennbar waren nur seine knapp aus dem Wasser herausragenden gelben Augen und die sich von ihnen zur Schnauze hinziehenden, perlschnurartig gegliederten Knochenleisten. Doch es dauerte nicht lange, bis das geschmeidig und gradlinig dahinschwimmende Ungeheuer das Ufer erreichte, wo es bedächtig den Kopf aus dem Wasser hob und eine Weile seine Umgebung musterte, bevor es langsam an Land kroch und erneut vorsichtig in die Runde blickte. Minuten verharrte es in dieser Stellung, und Tie-tie, der sich kaum zu rühren wagte, weil er befürchtete, das Krokodil zu verscheuchen, atmete erleichtert auf, als es sich schwer auf den Bauch fallen ließ und sich umständlich so zurechtlegte, daß seine Schnauze und Schwanzspitze dem See zugewandt waren. Aber auch in dieser für Krokodile charakteristischen Rundlage schaute es noch eine Zeitlang mißtrauisch umher, bis es wie gähnend seine zähnestarrende Schnauze öffnete und, ohne sie wieder zu schließen, in einen allem Anschein nach schnell einsetzenden Schlaf fiel.

Tie-tie wußte vor Aufregung nicht, was er tun sollte. Auf seiner weiten Wanderung hatte er schon vieles zu sehen bekommen, nie aber ein Krokodil, dessen Länge über sechs Meter betrug und dessen mächtiger Körper makellos weiß war, wenn man von einigen schmutziggrauen Flecken absah, die sich zwischen den Längsreihen seiner Rückenschilde befanden. Und an eben diesen Stellen pickte der langschnäbelige Trochylus, der sich unmittelbar nach dem Herausheben aus dem Wasser auf das Krokodil gesetzt hatte, unbesorgt herum.

Die Hennen noch immer unter den Armen haltend, schaute Tie-tie auf das sich ihm bietende Tieridyll hinab. Die Unbekümmertheit des Vogels faszinierte ihn beinahe noch mehr als das imposante Aussehen des weißen Krokodils. *Seines* Krokodils, zu dem er sich auf unerklärliche Weise hingezogen fühlte.

Und dann sah er etwas, das ihm einen solchen Schrecken einjagte, daß er die Hühner beklommen an sich drückte. Der verwegene Trochylus trippelte über den Kopf des Krokodils bis zur äußersten Spitze des weit aufgerissenen Maules, in das er nach einem schnellen neugierigen Blick kurz entschlossen hineinsprang, um die am Zahnfleisch befindlichen Schmarotzer des Raubtieres fortzuklauben.

»Um Himmels willen!« rief Tie-tie, der das

Schlimmste für den Vogel befürchtete.

Sein Ausruf hatte eine ungeahnte Wirkung. Das Krokodil klappte blitzschnell seine Schnauze zu und stürzte sich ins Wasser; den behenden Trochylus aber, der schon beim ersten Laut fortgesprungen und davongeflogen war, hatte es nicht erwischt.

Das soll mir eine Lehre sein, dachte Tie-tie, als er betrübt hinter dem weißen Krokodil herblickte, dessen Kiellinie zwei auseinanderlaufenden Silberfäden glich. Ich ahnte ja nicht, daß Krokodile so ängstlich sind. Wenn es immer so schnell flüchtet, werde ich wenig Freude an ihm haben. Ich muß versuchen, ihm zu bedeuten, daß es vor mir keine Angst zu haben braucht. Aber wie? Vielleicht hätte ich mich von Anfang an ein wenig bemerkbar machen sollen.

Seit dieser Minute grübelte Tie-tie unentwegt darüber nach, wie er das weiße Krokodil an seine Anwesenheit gewöhnen könne. Bei den Affen schien ihm dieses Problem nicht so schwierig zu sein. Er begab sich deshalb frischen Mutes zur Pagode zurück, wo er ›Tang‹ und ›Ting‹ in der Nähe des Einganges anleinte und mit Wasser versorgte, das er vom See in einem Topf heraufholte, den Yen-suns fürsorgliche Frau ihm geschenkt hatte. Gewiß nicht zum Tränken der Hühner, in deren Gesellschaft er einige jener Früchte verzehrte, die am Abend zuvor auf ihn herabgeschleudert worden waren. Er tat es selbstverständlich nicht, ohne den Himmel um Entschuldigung dafür zu bitten, daß er sich angesichts des zu erwartenden langanhaltenden Spektakels dazu entschlossen habe, die morgendliche Umwanderung der Pagode erst nach der Nahrungsaufnahme durchzuführen.

Das nicht gerade sehr saubere, ihm aber schon seit langem als Sonnenschutz dienende Tuch über den Kopf gelegt, aß er einige Bananen, Rambuttans und Mangopflaumen, und nachdem er sich so gestärkt und zum Abschluß noch den Saft einer Cocanac getrunken hatte, erhob er sich, um seine Gebetsmühle zu holen und mit dem Umschreiten der Pagode zu beginnen. Ein wenig graute ihm davor. Der Weg fiel ihm besonders schwer, weil es so schön gewesen war, am Fuße der Steintreppe sitzend über den ruhig daliegenden See zu blicken und dem zarten Klang der vom Morgenwind bewegten Silberglöckchen zu lauschen, die an den Dachtraufen der Pagode hingen und jahrein, jahraus ihr sphärenhaftes Lied ertönen ließen. Doch er hatte sich nun einmal vorgenommen, den Affen beizubringen, daß er ihr Freund sei und unter keinen Umständen eine Hand gegen sie erheben würde. So setzte er denn seine Gebetsmühle in Bewegung und machte sich auf den Weg.

Schon nach wenigen Schritten trat ein, was er befürchtet hatte. Das klackernde Geräusch des rotierenden Zylinders riß die Makaken aus ihrem Schlaf, und noch bevor Tie-tie die Rückseite der Pagode erreicht hatte, war er von einem infernalisch kreischenden Rudel umgeben, das immer wieder zähnefletschend auf ihn lossprang, im letzten Augenblick jedoch kehrtmachte und zurückflüchtete. Und dann hagelten erneut die herrlichsten Früchte auf ihn herab.

Tie-tie ignorierte die Attacke, wenngleich er sich anders als am Vorabend verhielt. Er blieb nicht einfach stehen, sondern schritt unbeirrt weiter, so, wie er es in Zukunft jeden Morgen, Mittag und Abend zu tun gedachte. Die Affen sollten sich an seine Umwanderungen gewöhnen, und er hoffte, sich durch zügiges Fortschreiten zeitweilig den wütenden Angriffen entziehen zu können. Darin täuschte er sich jedoch. Die Makaken folgten ihm auf Schritt und Tritt und kletterten sogar auf die übereinandergeschachtelten Dächer der Pagode, von denen sie ihn mit allen nur greifbaren Dingen bewarfen. Es blieb ihm nichts anderes übrig, als zunächst einmal eine Pause einzulegen und die in der Nähe des Portals angebundenen Hennen in Sicherheit zu bringen. In aller Eile trug er sie in das Innere des Tempels, aus dem er gleich darauf mit ungewöhnlich energischen Bewegungen zurückkehrte.

Wollen doch mal sehen, wer der Stärkere ist, dachte er, als er sich erneut auf den Weg machte und seine Gebetsmühle mit erhöhter Geschwindigkeit rotieren ließ.

Die Affen reagierten mit einem ohrenbetäubenden Geschrei, das wohl über eine halbe Stunde währte. Dann aber erlahmte ihr hektisches Treiben, und sie wurden von Minute zu Minute ruhiger.

Tie-tie lächelte vor sich hin. Wenn einige der Makaken auch weiterhin krakeelend hinter ihm herliefen und es nicht lassen konnten, ihn immer wieder anzufallen, so war doch offensichtlich, daß seine Geduld den Sieg davongetragen hatte. Nur gelegentlich noch sauste eine Frucht auf ihn herab. Das aber veranlaßte ihn nicht, seine Umwanderung zu beenden. Im Gegenteil, er schritt nun freudigen Herzens so lange um die Pagode, bis sich auch das letzte Tier zurückgezogen hatte und kein Schrei mehr zu hören war.

Illusionen gab er sich allerdings nicht hin. Er wußte, daß es noch manch unruhige und aufregende Stunde für ihn geben würde, doch das machte ihm jetzt nichts mehr aus. Er hatte einen Anfangserfolg erzielt, der klar bewies, daß es ihm in absehbarer Zeit gelingen würde, die Makaken an sich und seine klappernde Gebetsmühle zu gewöhnen.

Unwillkürlich erinnerte er sich an das weiße Krokodil, das so erschrocken vor ihm geflüchtet war. Werde ich es ebenfalls an mich gewöhnen können? fragte er sich. Wenn ich nur wüßte, wie ich das anstellen soll!

Tie-tie grübelte so angestrengt darüber nach, daß

er seine Umgebung völlig vergaß. Er sah weder die Schönheit des Sees noch die malerisch auf ihm schwimmenden weißen und hellroten Wasserrosen, bis ihn ein jäh einsetzendes Gegacker aus seinen Überlegungen herausriß.

»Ein Ei!« frohlockte er, doch noch bevor er sich von der Richtigkeit seiner Vermutung überzeugen konnte, vernahm er den unverkennbaren Ruf des Krokodilwächters, der ihn am Morgen gewarnt und die Flucht hatte ergreifen lassen. Er schaute zum Seeufer und glaubte nicht richtig zu sehen: das weiße Krokodil lag an der gleichen Stelle, an der es zuvor gelegen hatte, nur mit dem Unterschied, daß sein Kopf jetzt nicht dem Wasser zugewandt war. Auch seine Schnauze stand nicht sperrangelweit offen; sie war geschlossen, und es hatte den Anschein, als wittere das Tier angespannt in die Richtung des hysterischen Gegackers.

Tie-tie warf der Henne einen verzweifelten Blick zu. Natürlich vergebens. ›Ting‹ begackerte ihr Ei so lange, wie sie es für richtig hielt, und Tie-ties verkrampfter Gesichtsausdruck entspannte sich erst wieder, als er erkannte, daß das Krokodil nicht flüchtete, sondern weiterhin unverwandt zur Pagode hochschaute.

Seine Gedanken überschlugen sich. Die Lage des Raubtieres zeigte ihm, daß es sich schon längere Zeit am Ufer aufgehalten und dort geschlafen haben mußte, und das gestattete den Rückschluß, daß es sich vom Geschrei der Affen nicht hatte stören lassen, wohl aber vom Gegacker einer harmlosen Henne.

Wie ist das möglich? fragte er sich. Mit fiebrigen Augen blickte er zum Krokodil hinab, das seine Haltung um keinen Millimeter veränderte. War ihm das eine vertraut, das andere hingegen unbekannt?

Wenn das der Fall war, dachte er, müßte es mir eigentlich gelingen, das Krokodil mit der Zeit so an mich zu gewöhnen, daß ich mich ihm eines Tages bis auf wenige Meter nähern kann, ohne daß es die Flucht ergreift.

Tie-tie war sich darüber klar, daß er behutsam vorgehen mußte, er war aber auch fest entschlossen, noch in dieser Minute die ersten Schritte auf dem Weg zu tun, den er zu erkennen glaubte. Noch bevor sich die Henne beruhigt hatte, nahm er eine bedächtige Wanderung parallel zur Pagode auf, wobei er das Krokodil, das den Kopf augenblicklich hob und jede seiner Bewegungen wie gebannt verfolgte, nicht aus den Augen ließ.

Etwa zehn Meter ging er in eine Richtung, dann wandte er sich vorsichtig um und kehrte an seinen Ausgangspunkt zurück, wo er eine Weile stehenblieb, bevor er sich erneut in Bewegung setzte.

Das Krokodil veränderte seine Lage nicht. Lediglich sein Kopf bewegte sich jeweils zu der Seite, die

Tie-tie einschlug.

Ein heimlicher Beobachter würde über das sonderbare Gehabe der beiden vielleicht gelacht haben, dem greisen Tie-tie hingegen klopfte das Herz vor Aufregung in der Kehle. Er spürte, daß er den richtigen Weg eingeschlagen hatte, und bangte davor, daß eine seiner Bewegungen das Krokodil vertreiben könnte.

Das hinderte ihn jedoch nicht, das Tempo seiner anfänglich überaus langsamen Wanderung mit der Zeit etwas zu steigern, und als er erkannte, daß das Krokodil hierauf nicht anders als zuvor reagierte, wagte er es schließlich sogar, die Steintreppe zu betreten und einige Stufen hinabzusteigen.

Der Richtungswechsel erregte das Krokodil so sehr, daß es sein zähnestarrendes Maul öffnete und einen dumpfen Laut von sich gab, der Tie-tie schleunigst zurückeilen ließ.

»Ich tue dir doch nichts!« rief er beschwichtigend, als er wieder auf der obersten Stufe stand. »Ganz bestimmt nicht. Du kannst dich auf mich verlassen!«

Seine Stimme schien dem Krokodil zu behagen; denn es klappte seine Schnauze geräuschvoll zu und legte den Kopf wie lauschend zur Seite.

Das ermutigte Tie-tie, weitere Worte an das Krokodil zu richten, und während er dies mit der nachdrücklichen Versicherung tat, nur Freundschaft zu suchen und nichts Böses im Schilde zu führen, stieg er erneut einige Stufen zum See hinab.

Der Erfolg war größer, als er es zu hoffen gewagt hatte. Das Krokodil verhielt sich nunmehr völlig ruhig und veränderte seine Haltung auch nicht, als er sich umwandte und nach oben zurückkehrte.

Es scheint sich gerne unterhalten zu lassen, dachte Tie-tie frohgestimmt und unternahm sogleich einen zweiten Versuch, den er auf der sechsten Stufe beendete, weil er befürchtete, das auf der Lauer liegende Tier sonst zu überfordern. Und es war sicherlich gut, daß er die erste ›Unterrichtsstunde‹ nicht weiter ausdehnte; das Krokodil ließ seine Schnauze wie ermattet auf den Boden sinken und blickte zu ihm hinüber wie ein Hund, der nicht weiß, ob er Lob oder Tadel zu erwarten hat.

»Für heute machen wir Schluß!« rief Tie-tie ihm zu.

Das Krokodil schnaufte und hob den Kopf.

»Schluß, habe ich gesagt. Du kannst jetzt ruhig schlafen. Ich bleibe hier sitzen und rühre mich nicht vom Fleck.«

Das Krokodil richtete sich schwerfällig auf und ließ sich ins Wasser gleiten, als wollte es sagen: Wann ich schlafe, das bestimme ich!

Der greise Tie-tie blickte verklärt hinter ihm her und dachte versonnen: Auf deinem weißen Rücken möchte ich in das *Nirwana* gelangen.

IV

Tie-tie gehörte zu den glücklichen Menschen, die nicht noch in der Ruhe des Alters nach Ruhe suchen. Er nahm das Leben, wie es sich ihm bot, und so empörte er sich auch nicht über die Affen, die ihn bei seinen Wanderungen um die Pagode immer wieder attackierten. Ihr zuweilen heftiges Bombardement empfand er freilich als eine böse Plage, doch diese nahm er gern auf sich, weil er der festen Überzeugung war, daß der Himmel ihn prüfen und feststellen wolle, ob er eine ihm auferlegte Bürde mit jener Würde ertrage, die den Menschen vom Tier unterscheidet.

Aber es dauerte doch länger, als er angenommen hatte, bis er den Makaken so vertraut geworden war, daß sie bei seinem Erscheinen nicht mehr kreischend aufsprangen, sondern gelassen zu ihm hinabschauten. Erst nach vielen Wochen hatten sie sich an ihn und seine klappernde Gebetsmühle gewöhnt, und einige der Tiere wurden sogar so zutraulich, daß sie sich ihm näherten und von ihm streicheln ließen. Er tat dies jedoch nur einige Male, da ihre Zutraulichkeit schnell in Aufdringlichkeit ausartete. Sie folgten ihm auf Schritt und Tritt und versuchten unablässig, ihm die Gebetsmühle aus der Hand zu reißen, so daß er sich wohl oder übel gezwungen sah, sie durch heftige Gesten und energisches Auftreten zu verscheuchen. Auch durfte er es wegen der beiden Hennen nicht dulden, daß die Affen bis zum Portal der Pagode vordrangen. Unabhängig davon befürchtete er, daß die erfreulichen Fortschritte, die er in der Folge mit dem beinahe täglich erscheinenden Krokodil machte, einen Rückschlag erleiden könnten, wenn sich die Makaken in seiner Nähe aufhielten. Es fiel ihm nicht leicht, die sich nun nicht mehr wild, sondern possierlich gebärdenden Tiere zu vertreiben, aber es blieb ihm nichts anderes übrig, wenn er nicht ihr Sklave werden wollte. Und sie begriffen bald, daß ihre Aufdringlichkeit ihnen nichts einbrachte. Sie zogen sich auf ihre Bäume zurück, um die Tage wie in früheren Zeiten zu verschlafen.

Anders hingegen lagen die Dinge beim weißen Krokodil, das sich ebenfalls schon so an die veränderten Verhältnisse gewöhnt hatte, daß es das Wasser selbst in Augenblicken verließ, da Tie-tie sich auf halber Höhe der zum See hinabführenden Steintreppe befand. Es starrte dann zwar eine Weile wie gebannt zu ihm empor, kroch schließlich aber ohne Scheu an das Ufer, wo es sich schwerfällig zurechtlegte und zu guter Letzt seine riesige Schnauze sperrangelweit öffnete, um in der Sonne zu schlafen und sich von den Strapazen der Nachtjagd zu erholen. Führte Tie-tie jedoch während dieser Zeit die geringste Bewegung aus, so hob das Krokodil blitzschnell den Kopf; es war, als könne es im Schlaf sehen oder als springe ein elektrischer Funke zu ihm hinüber.

Tie-tie trug dem Rechnung und saß oft stundenlang auf der Treppe, ohne sich zu rühren. Das weiße Krokodil sollte wissen, daß es sich vor ihm nicht zu fürchten brauchte, und er selbst benutzte die Wartezeiten, um Beobachtungen zu machen, die ihn mit Freude erfüllten und oftmals an das chinesische Sprichwort denken ließen: ›Hält man sich in der Nähe des Wassers auf, dann lernt man die Gewohnheiten der Fische kennen; lebt man am Fuße der Berge, dann weiß man den Ruf der Vögel zu deuten.‹

Die Bewohner des Dschungels wurden ihm von Tag zu Tag vertrauter, wenngleich ihm ihr Leben manche Schauer über den Rücken jagte. Ihr Dasein war ein erbitterter Kampf, der Nacht für Nacht neu ausgefochten werden mußte. Das mochte auch die Ursache dafür sein, daß er nie einen Singvogel zu hören bekam. Es gab keinerlei Gesang; wenn Stimmen laut wurden, waren sie von Angst und Kampfgeschrei erfüllt. Über Tag kam das höchst selten vor, und je länger Tie-tie in der Einsamkeit lebte, um so verständlicher wurde ihm das schreckhafte Wesen des weißen Krokodils. Unerklärlich blieb ihm nur sein eigenartiges Reagieren, wenn er zu ihm sprach. Es wurde dann merklich furchtloser, und Tie-tie nutzte diesen Umstand weidlich aus, wenn das Krokodil aus seinem Schlaf erwachte. Er redete dann und erzählte, was ihm gerade einfiel. Dabei bewegte er sich behutsam hin und her, um schließlich eine weitere Stufe tiefer zu steigen, so daß sich der zwischen ihnen liegende Abstand mit der Zeit immer mehr verringerte. Wurde das Krokodil in solchen Augenblicken unruhig, gab er die gewonnene Stufe sofort wieder frei und versuchte sein Glück am nächsten Tage.

Seine Geduld wurde auf eine harte Probe gestellt, doch nach fast drei Monaten hatte sich das weiße Krokodil so an ihn gewöhnt, daß es keine Scheu mehr zeigte. Er durfte sich ihm nun ohne weiteres bis auf wenige Meter nähern, mußte allerdings darauf achten, daß er sich nicht direkt auf das Tier zubewegte. Dabei verließ er selbstverständlich niemals die Steintreppe, deren von geflügelten Löwen flankiertes Geländer eine ideale Barriere bildete.

Aber so erstaunlich die erzielte Annäherung auch war, das natürliche Spannungsfeld zwischen Mensch und Raubtier ließ sich nicht abbauen. Beide lagen ununterbrochen auf der Lauer, was den Nerven nicht gerade dienlich war und gelegentlich zu hektischen Reaktionen führte. So konnte eine unbedachte Handbewegung die Veranlassung dafür sein, daß sich das Krokodil jäh ins Wasser stürzte, wie es auch vorkam, daß ein plötzliches Öffnen der unheimlichen Raubtierschnauze dem greisen Tie-tie einen solchen Schrecken einjagte, daß er augenblicklich die Flucht ergriff, was wiederum zur Folge hatte, daß das weiße Krokodil nicht minder kopflos das Weite suchte.

Für Abwechslung war also reichlich gesorgt, und über Langeweile konnte Tie-tie sich nicht beklagen. Irgend etwas beschäftigte ihn immer, und wenn es nichts zu tun gab, setzte er sich auf die oberste Stufe der Steintreppe, um dem zarten Klang der Windglöckchen zu lauschen und den herrlichen Ausblick über den See zu genießen, der sich täglich in anderen Farben darbot.

Angesichts des schönen Lebens, das er nun führte, befürchtete er oftmals, dermaleinst nicht in das *Nirwana* zu gelangen, sondern zu neuer Bewährung auf die Erde zurückkehren zu müssen. Er tröstete sich dann, indem er sich sagte: Wer weiß, was alles noch kommen mag. Womöglich erlebe ich zur Zeit nur die Ruhe vor einem Sturm, der mir die große Prüfung bringen soll.

Oft wanderten seine Gedanken zu Yen-sun und dessen Familie. Er fand keine Erklärung dafür, daß sich der junge Chinese trotz der Zusage, ihn jeden Monat einmal aufzusuchen, noch nie hatte sehen lassen. Die Vorstellung, Yen-sun könnte etwas zugestoßen sein, beunruhigte ihn, und er war daher überglücklich, als nach Ablauf von beinahe fünf Monaten plötzlich Rufe über den See schallten und er Yen-suns Boot mit schnellen Ruderschlägen der Anlegestelle entgegenstreben sah.

Aber dann entstand eine ziemliche Verwirrung unter den auf ihn zurudernden Männern. Sie entdeckten das erschrocken flüchtende Krokodil und waren entsetzt darüber, daß sich der greise Tie-tie nur wenige Meter von der Stelle befand, an der das Raubtier gelegen hatte.

»Hast du den Verstand verloren?« rief Yen-sun aufgebracht, noch bevor das Boot an der Steintreppe anlegte.

Tie-tie gab sich belustigt. »Wie kommst du darauf?«

»Das fragst du noch? Meinst du, wir hätten nicht gesehen, daß du dich in die Nähe des schlafenden Krokodils gewagt hast!«

»Das stimmt nicht ganz«, antwortete Tie-tie hintergründig. »Es hat nämlich nicht geschlafen, sondern sich angehört, was ich ihm erzählte. Das Recht, böse zu sein, hat also allenfalls das weiße Krokodil, das ihr mit euren Rufen gestört und um das Ende einer netten Geschichte gebracht habt.«

Yen-sun wandte sich kopfschüttelnd an seine Kameraden: »Er scheint verrückt geworden zu sein.«

»Das soll mich nicht hindern, euch willkommen zu heißen«, entgegnete Tie-tie gut gelaunt. »Und das um so mehr, als wir uns fast ein halbes Jahr nicht gesehen haben.«

Yen-sun stieg aus dem Boot und reichte Tie-tie die Hand. »Ich hoffe, du bist mir deshalb nicht böse.«

»Mit welchem Recht?«

»Ich hatte dir versprochen, dich mindestens jeden Monat einmal aufzusuchen.«

»Gewiß«, erwiderte Tie-tie. »Und ich habe mir auch große Sorge gemacht, weil ich nicht wußte ...«

»Ich wäre bestimmt eher gekommen, wenn ich es hätte einrichten können«, unterbrach ihn Yen-sun. »Es ging aber beim besten Willen nicht. Frag meine Kameraden. Wir waren Tag und Nacht beschäftigt und haben manchmal nicht die Zeit zum Schlafen gefunden.«

Tie-tie blickte verwundert von einem zum anderen. »Was ist denn geschehen?«

Yen-sun klopfte ihm auf die Schulter. »Du wirst staunen, wenn du hörst, was sich inzwischen ereignet hat. Der Krieg ist beendet!«

»Om mani padme hum!« rief Tie-tie und faltete ergriffen die Hände.

»Und weißt du, wer ihn gewonnen hat? Die Alliierten! Alle Japaner wurden gefangengenommen und in Sammellager gesteckt. Ich sage dir, das war ein Geschäft!«

»Wieso ein Geschäft?«

Yen-sun setzte eine wichtigtuerische Miene auf und zog eine englische Zigarettenpackung aus der Tasche, die er, nachdem er sich bedient hatte, mit lässiger Geste an seine Kameraden weiterreichte. »Das ist schnell erklärt. Zunächst einmal hatten die verdammten Japsen nichts zu fressen; da brauchte man nur an ihren Stacheldrahtzaun heranzutreten und erhielt für eine Handvoll Reis einen Singapore-Dollar. Aber das war nur der Anfang! Die Kerle mußten nach Japan und somit zunächst in unsere Häfen geschafft werden. Überall wurden Transportmittel benötigt, aber die fehlten. Die Bahnlinien waren zerstört, und die vorhandenen Lastwagen reichten bei weitem nicht aus. Da kam mir ein großartiger Gedanke: ich charterte fünf Fischkutter, bot den Alliierten meine Dienste an und brachte Tausende von Gefangenen nach Penang! Selbstverständlich gegen ›cash down on the table‹!«

»Was heißt das?« fragte Tie-tie verwirrt.

Yen-sun warf sich in die Brust. »Gegen Barzahlung! Ich kann dir sagen: ich habe mich gesundgestoßen! Und meine Fähre hat in der Zeit ebenfalls nicht stillgestanden. Die zurückgekehrten Briten mußten sich neu einrichten; die nach Norden verschleppte Bevölkerung wollte nach Süden, die vom Süden nach Norden. Und alle mußten zahlen! Zahlen, zahlen, zahlen!«

Dem greisen Tie-tie stockte das Blut in den Adern. »Und du schämst dich nicht, aus der Not deiner Mitmenschen ein Geschäft gemacht zu haben?«

Yen-sun lachte hellauf. »Hätte ich sie etwa umsonst befördern sollen? Ausgerechnet zu einem Zeitpunkt, da fast alle Brücken zerstört waren?«

»Ich kenne dich nicht wieder«, entgegnete Tie-tie bestürzt.

Yen-sun machte eine wegwerfende Bewegung. »Das ist mir gleichgültig. Ich habe jahrelang geschuftet und es zu nichts gebracht, und ich wäre schön blöd gewesen, wenn ich die Chance nicht genutzt hätte, die sich mir bot. Ist es nicht so?« wandte er sich an seine Kameraden.

Sie nickten.

»Und habt ihr dabei nicht ebenfalls ein gutes Geschäft gemacht?«

»Gewiß.«

»Und die Besatzungen der anderen Kutter?«

»Die natürlich auch.«

»Na also!« sagte Yen-sun in einem Tonfall, der deutlich machte, daß er das Thema als beendet betrachtete.

Tie-tie war dies recht, wenngleich ihn die kargen Antworten der Chinesen hellhörig gemacht hatten. Ihr Verhältnis zu Yen-sun schien sich grundlegend gewandelt zu haben. Doch so gerne er hierüber Klarheit gewonnen hätte, er wollte sich keine Blöße geben und fragte Yen-sun, wie es seiner Frau und seinen Kindern gehe.

»Denen geht es ausgezeichnet«, antwortete Yen-sun großspurig. »Ich soll auch Grüße von ihnen ausrichten. Besonders von den Kindern, die furchtbar geheult haben, weil sie nicht mitkommen durften.«

»Und weshalb hast du sie nicht mitgenommen?« erkundigte Tie-tie sich enttäuscht.

»Sim war dagegen.«

»Aber warum denn?«

»Du kennst sie doch: ihre Angst ist grenzenlos. Außerdem wird sie in letzter Zeit immer komischer. Anstatt sich über die günstige Entwicklung zu freuen, macht sie ein Gesicht wie beim Monsunregen. Zugegeben, die letzten Monate waren auch für sie sehr anstrengend, da ich ihr den ganzen Fährbetrieb überlassen mußte. Aber das Wesentliche ist nun ja geschafft, und sie sollte froh darüber sein, daß ich unsere Einnahmen jetzt nutzbringend anlege.«

Tie-tie betrachtete ihn prüfend. »Wie machst du das?«

»Ich habe mir zwei Kutter gekauft, die ich günstig erstehen konnte, weil deren Motoren nichts taugten. Sim war entsetzt, als sie das hörte, ich aber war schlauer und beschaffte mir von der Sammelstelle für zurückgelassenes Heeresgut zwei erstklassige Dieselmaschinen, die im Moment eingebaut werden. Und dann geht es los. Der Fischfang wird in Zukunft mit drei Booten betrieben! Dementsprechend lasse ich den Trockenplatz auch schon erweitern. Und ebenfalls das Haus. Der Balkon wird zu einer Veranda verbreitert, die rundherum Glasfenster erhält. Und hinten lasse ich ein neues Zimmer für ein junges Mädchen anbauen, das ich als Gehilfin eingestellt habe.«

»Ihr habt eine Gehilfin?« fragte Tie-tie erstaunt.

»Sogar eine sehr nette.«

Tie-tie entging es nicht, daß Yen-suns Kameraden über die Antwort grinsten. Allmächtiger, dachte er bestürzt. Ich fange an zu begreifen, warum sich die liebenswerte Sim über den finanziellen Aufstieg ihres Mannes nicht freuen kann. Ausgerechnet sie, die mir eine Katastrophe voraussagte, wenn ich mich in die Nähe des weißen Krokodils begeben würde, scheint einer menschlichen Katastrophe entgegenzugehen. Und ihr vom Geld geblendeter Mann erklärt wie nebenbei: »Außerdem wird sie in letzter Zeit immer komischer!«

Am liebsten hätte er sich umgewandt und kein weiteres Wort mehr verloren. Er beherrschte sich jedoch, weil er sich sagte: Ich muß mit Yen-sun reden und den Versuch machen, ihn zur Vernunft zu bringen. Das Geld ist ihm in den Kopf gestiegen und läßt ihn vergessen, daß man schneller von einem guten Leben in ein schlechtes geraten kann als umgekehrt.

»Habt ihr etwas Zeit oder dulden eure Geschäfte keinen längeren Aufenthalt?« fragte er im Bestreben, die unwillkürlich eingetretene Pause zu überbrücken.

Yen-sun gab seiner Stimme einen warmen Klang.

»Glaubst du, wir wären nur gekommen, um festzustellen, ob du noch lebst? Nein, wir haben allerhand leckere Sachen für dich an Bord und mußten Sim hoch und heilig versprechen, hier die Wege in Ordnung zu bringen.«

»Dafür bin ich euch sehr dankbar«, erwiderte Tie-tie gerührt. »Aber schaut euch um: es gibt nichts zu tun, da ich täglich Unkraut zupfe. Die Wege sind gut begehbar.«

»Um so besser«, entgegnete Yen-sun. »Dann können wir uns ja in Ruhe eine Weile unterhalten.«

Tie-tie nickte lebhaft. »Das ist mir sehr lieb, da ich etwas mit dir besprechen möchte.«

»Bitte, ich stehe dir zur Verfügung.«

Solche Redewendungen hat er früher nicht gekannt, schoß es Tie-tie durch den Kopf.

»Wollen wir uns hierhersetzen oder zur Pagode begeben?«

»Gehen wir nach oben«, antwortete Tie-tie.

Yen-sun wandte sich an seine Kameraden. »Ihr könnt inzwischen auspacken und die Sachen hinaufschaffen.«

»Geht in Ordnung, Boß!«

»Was heißt: Boß?« erkundigte sich Tie-tie, als er mit Yen-sun die Stufen emporstieg.

»Soviel wie Chef.«

»Du bist jetzt ihr Chef?«

»Das war ich immer.«

»Du sprachst früher aber anders mit ihnen.«

»Nun ja, damals waren wir nur zu dritt. Inzwischen hat sich manches geändert. Ich habe bereits acht Angestellte, und wenn alles so läuft, wie ich es möchte, dann werden es eines Tages achtzig sein. Vielleicht sogar noch mehr. Da ist es nicht gut, wenn man zu vertraut mit ihnen ist. Personal, das nicht hart angefaßt wird, tanzt einem auf der Nase herum.«

»Gilt das in jedem Fall?« fragte Tie-tie, sich dumm stellend.

»Natürlich!«

»Auch bei weiblichen Angestellten?«

Yen-sun sah Tie-tie aus verkniffenen Augen an. »Worauf willst du hinaus?«

»Auf nichts. Mich interessiert nur, ob du beispielsweise auch die neuerdings eingestellte Gehilfin grundsätzlich hart anfaßt.«

Yen-sun lachte hölzern. »Ach, daher weht der Wind. Du scheinst anzunehmen, daß sie und ich ...« Er schüttelte den Kopf. »Was hat dich bloß auf eine solche Idee gebracht?«

»Um ehrlich zu sein: das Grinsen deiner Kameraden, als von der Gehilfin die Rede war.«

»Die sollen sich gefälligst um ihren eigenen Mist kümmern!«

»Willst du damit sagen: Und nicht um deinen?«

Yen-sun wurde wütend. »Wie kommst du dazu,

mir Worte in den Mund zu legen, an die ich nicht im entferntesten gedacht habe!«

»Das will ich dir erklären«, antwortete Tie-tie in aller Ruhe. »Du bist so verändert, daß ich dich überhaupt nicht wiedererkenne. Deine Worte zeigen mit erschreckender Deutlichkeit, welch verheerenden Einfluß das Geld auf dich ausgeübt hat. Wer dich von früher her kennt und heute mit dir redet, muß stutzig werden. Wundere dich also nicht, wenn ich dir plötzlich Dinge zutraue, die ich vor einem halben Jahr noch für unmöglich gehalten hätte.«

»Und das alles nur, weil ich ehrgeizig bin und weiterkommen will?« empörte sich Yen-sun.

»Nein!« erwiderte Tie-tie. »Es wäre ungerecht, wenn ich dir das ankreiden wollte. Darum geht es auch nicht. Was ich dir verüble, ist die scheußliche Art, in der du über dein egoistisches Verhalten sprichst. Wer verschleppte und in Not geratene Menschen über einen Fluß hinwegsetzt und das mit dem Ausruf kommentiert: ›Und alle mußten zahlen! Zahlen, zahlen, zahlen!‹, der darf nicht erstaunt sein, daß man Unrat wittert, wenn man hört, daß dieser Mensch für eine soeben eingestellte Gehilfin ein neues Zimmer anbauen läßt!«

»Soll sie vielleicht mit uns schlafen?« begehrte Yen-sun auf.

Tie-tie wirkte gequält. »Wenn ich nicht wüßte, daß du ganz anders bist, als es jetzt den Anschein hat, würde ich kein weiteres Wort mehr an dich richten. So aber fühle ich mich verpflichtet, dir vor Augen zu führen, wohin du treibst, wenn du dein neues Wesen nicht schnellstens wieder abstreifst. Von mir aus magst du der reichste Mann der Erde werden; ich flehe dich jedoch an, der zu bleiben, der du warst, als wir uns kennenlernten: ein Mann, der für seine Familie und nicht für einen Klumpen Gold lebt! Du bist sonst eines Tages ebenso arm wie jener Chinese, der diese Pagode errichten ließ. Ein Vermögen zu besitzen ist sicherlich nicht unangenehm. Wer aber den Reichtum anbetet, verliert den klaren Blick und die Fähigkeit, gütig zu sein.«

»Und wer gütig ist, wird niemals reich werden«, warf Yen-sun abfällig ein. »Aber irgendwo hast du schon recht. Ich bin nicht glücklich und habe mich in den letzten Wochen oft gefragt, was eigentlich mit mir los ist. Nicht, daß ich unzufrieden wäre. Im Gegenteil, das Geldverdienen macht mir verdammt viel Spaß. Nur das Drum und Dran ist manchmal ziemlich aufregend. Dazu die Angst, daß man alles wieder verlieren könnte. Und dann der dauernde Ärger mit Sim...«

»Weshalb hast du Ärger mit ihr?« unterbrach ihn Tie-tie hastig.

»Na, weshalb schon? Sie redet genau wie du!«

»Gibt dir das nicht zu denken?«

Yen-sun zuckte die Achseln. »Ich kann doch

nicht den Verdienst von Monaten zum Fenster hinauswerfen.«

»Das verlangt doch niemand.«

»Sim wäre das am liebsten.«

»Das kann ich nicht glauben.«

»Es ist aber so! Und warum? Nur weil es ihr nicht paßt, daß ich mir nun allerhand leisten kann und vielfach unterwegs bin.«

»Und es gibt keinen anderen Grund?«

»Du meinst die Gehilfin?«

Tie-tie nickte.

»Da kannst du ganz beruhigt sein. Ich finde das Mädchen nett; das ist alles.«

»Wirklich?«

»Ja, in drei Teufels Namen! Und wenn Sim sich darüber aufregt, dann ist sie eine Närrin!«

Dem greisen Tie-tie fiel ein Stein vom Herzen. Er bemühte sich, dem Gespräch eine andere Richtung zu geben, obgleich er gerne noch etwas über Sim und deren Kinder gehört hätte. Im Augenblick hielt er es jedoch für richtiger, Yen-sun abzulenken. Und das tat er mit einer Beflissenheit, die erkennen ließ, wie peinlich es ihm war, daß er den jungen Chinesen zu Unrecht verdächtigt hatte. In aller Ausführlichkeit schilderte er ihm den Verlauf der vergangenen Monate, und Yen-sun kam aus dem Lachen nicht heraus, als er die angeleinten Hühner erblickte und von den Attacken der Affen und dem siegreichen Ausgang des ›Kampfes‹ mit ihnen hörte. Als er aber erfuhr, auf welche Weise es Tie-tie gelungen war, das Vertrauen des weißen Krokodils zu erringen, da wurde er sehr nachdenklich.

»Das hätte ich niemals für möglich gehalten«, sagte er. »Wenn ich dich nicht in der Nähe des Biestes gesehen hätte, würde ich dich für einen üblen Aufschneider halten. Denn was du getan hast, das hat noch kein Dompteur fertiggebracht.«

»Unsinn!« wehrte Tie-tie ab. »Dompteure dressieren ihre Tiere, was ich beim weißen Krokodil weder versucht noch getan habe. Es hat sich lediglich an meine Anwesenheit gewöhnt.«

»Nenn es, wie du willst«, entgegnete Yen-sun. »Deine Leistung würde dich in einer Stadt zur Attraktion des Tages machen.«

Tie-ties winzige Augen glänzten. »Dann will ich besonders dankbar dafür sein, daß ich nicht in einer Stadt, sondern in der Einsamkeit lebe.«

Yen-sun überhörte die Bemerkung und blickte nachdenklich über den See. »Wenn ich mir vorstelle, wieviel Geld man damit verdienen könnte...!«

»Womit?«

»Mit dir und dem weißen Krokodil!«

Tie-tie sah ihn entgeistert an. »Soll das ein Witz sein?«

»Nicht im geringsten. Überlege selbst. Wenn du

mit dem weißen Krokodil nach Penang gehen könntest…«

»…was glücklicherweise nicht möglich ist…«

»…dann würden Tausende von Menschen kommen…«

»…und alle würden zahlen! Zahlen, zahlen, zahlen!«

Yen-sun lachte. »Da habe ich mir ja eine schöne Blöße gegeben.«

»Wenn du das nur einsiehst. Aber kannst du denn nur noch an Geld denken?«

»Ich habe es eben bestimmt nicht gewollt. Der Gedanke war einfach plötzlich da.«

Tie-tie legte ihm die Hand auf den Rücken. »Beherzige, was ich dir vorhin sagte. Du wirst sonst wie dein Landsmann, der diese Pagode letztlich nur baute, weil er am Leben vorbeigegangen ist und sich darüber grämte, sein Vermögen nicht mit ins Grab nehmen zu können.«

Am Fuß der Steintreppe stehend blickte Tie-tie hinter Yen-sun und dessen Kameraden her, als diese gegen Mittag wieder davonruderten. Seine sonst lebhaften Augen waren glanzlos, sein faltenreiches Gesicht hatte den Ausdruck einer traurigen Maske angenommen, und seine Haltung glich der eines gebrochenen Mannes. Wie erschöpft ließ er sich auf eine Stufe sinken, als das Boot in den zum Muda führenden Klong einbog. Dabei war er im Guten mit Yen-sun auseinandergegangen. Dessen letzte Worte durften ihn hoffen lassen, daß all das, was er ihm gesagt hatte, auf fruchtbaren Boden gefallen war.

Dennoch war er voller Unruhe. Deutlich war zu spüren gewesen, daß Yen-sun sein Gleichgewicht verloren hatte. Für Tie-tie war der Mensch ein Wesen der Mitte und ein vermittelndes Wesen; er empfand deshalb den Verlust der inneren Harmonie als einen furchtbaren Mangel.

Yen-sun hat einen Weg eingeschlagen, der keine Ehrfurcht kennt, dachte er gequält. Sie aber ist des Himmels durchgehender Faden und des Menschen Tugend.

Wenn ich nur wüßte, wie ich ihm helfen könnte, überlegte er gerade, als er gewahrte, daß sich das weiße Krokodil nur fünf Meter von ihm entfernt aus dem Wasser heraushob und an das Ufer kroch. Erstmals lag das Treppengeländer nicht zwischen ihnen. Tie-tie war so erschrocken darüber, daß er sich nicht bewegen konnte. Wie gelähmt starrte er auf die furchterregende Schnauze des Raubtieres, das angespannt zur Pagode hinaufschaute, bis es ihn plötzlich entdeckte und zusammenfahrend sein zähnestarrendes Maul aufriß.

»Nicht!« schrie Tie-tie, der schon das Schlimmste befürchtete.

Das Krokodil zuckte förmlich zusammen.

Sein Reagieren ließ Tie-tie neue Hoffnung schöpfen. Aber er zitterte am ganzen Leib, und es half ihm wenig, daß offensichtlich nicht nur er, sondern auch das Krokodil aus dem Gleichgewicht gebracht war. Es ergriff weder die Flucht noch setzte es zum Angriff an, und es schien keinem Zweifel zu unterliegen, daß es ebenfalls vor Furcht nicht wußte, was es tun sollte.

Die Situation war grotesk. Beide hatten Angst voreinander, beiden klopfte das Herz in der Kehle, und beide starrten sich wie hypnotisiert an, bis es dem greisen Tie-tie gelang, sich aus seiner Verkrampfung zu lösen. Er rührte sich jedoch nicht vom Fleck, da er wußte, daß ein weiteres Erschrecken des weißen Krokodils den sicheren Tod für ihn bedeutete. Er tat vielmehr das, was er in den vergangenen Monaten oftmals mit Erfolg getan hatte: er redete und erzählte, was ihm gerade in den Sinn kam.

»Ich weiß, daß ich dich erschreckt habe«, keuchte er, nach Luft ringend. »Aber das war nicht meine Absicht. Ich hatte mich hierhergesetzt, um über mancherlei nachzudenken. Über gute und schlechte Nachrichten. Der Krieg ist zu Ende gegangen. Om mani padme hum! Aber schon wieder gebären Gedankenlosigkeiten Kummer und Elend.«

Das weiße Krokodil schnaufte und preßte den Kopf auf die Erde.

Tie-tie überlegte, ob er es wagen dürfe, einen

Rückzug einzuleiten. Er fand jedoch nicht den Mut dazu und redete weiter. »Du schaust mich an, als könntest du keiner Fliege etwas zuleide tun, ich aber habe schreckliche Angst vor dir. Ich wollte, ich wäre bereits hinter dem Treppengeländer. Spring doch ins Wasser.«

Das weiße Krokodil glotzte ihn unverwandt an.

Tie-tie seufzte. »Nun gut, dann werde ich dir eben eine Geschichte erzählen, eine Geschichte…« Er stockte, da er kaum noch atmen konnte. Angstschweiß stand ihm auf der Stirn. Seine Nerven vibrierten. Er spürte, daß er nahe daran war, die Besinnung zu verlieren.

Nur das nicht, beschwor er sich. Es würde das Ende bedeuten. Aber so geht es auch nicht weiter. »Ich halte es einfach nicht mehr aus. Ich muß etwas tun, muß mich erheben, muß…«

»Jetzt erhebe ich mich ganz langsam«, sagte er mit erstickter Stimme. »Und wenn ich die Stelle erreicht habe, an der ich sonst immer stehe, dann erzähle ich dir eine Geschichte, die ich mir vor Jahren einmal ausgedacht habe.«

Noch während er dieses sagte, erhob er sich und trat mit zitternden Knien auf die hinter ihm liegende Stufe. Zentimeterweise bewegte er sich zurück, ohne dabei das Krokodil, das seine Bewegungen aufmerksam verfolgte, aus den Augen zu lassen. Die Zeit schien stillzustehen. Sekunden wurden zu

Minuten, Minuten zur Ewigkeit. Tie-tie wußte zeitweilig nicht mehr, was er tat und redete; er sah nur das weiße Krokodil und das schützende Treppengeländer, und er war der Ohnmacht nahe, als er es endlich erreichte und wie ein Ertrinkender umklammerte. Die Beine versagten ihm den Dienst. Er ließ sich willenlos niedersinken. Seine Lippen bebten. Tränen stiegen ihm in die Augen. Und dann schüttelte ihn plötzlich ein lautloses Lachen, dessen er sich trotz aller Bemühungen nicht erwehren konnte.

Wohl eine Viertelstunde dauerte es, bis seine überreizten Nerven sich so weit beruhigt hatten, daß er fähig war, sich zu erheben und zum weißen Krokodil hinabzublicken, das nur wenige Meter von ihm entfernt unterhalb des Geländers lag und erwartungsvoll zu ihm emporschaute. Sprechen aber konnte er nicht; seine Zunge war schwer wie Blei.

Doch dann beglückte ihn der Anblick des nun friedlich daliegenden Tieres so sehr, daß er am liebsten gejubelt hätte. Er fühlte sich mit einem Male leicht wie eine Feder. Seine Zunge löste sich, und er konnte wieder reden, als sei nichts geschehen.

»Wer von uns hat nun die größere Angst gehabt?« rief er erlöst. »Wahrscheinlich ich. Und du hast nicht einmal den Versuch gemacht, mich zu überfallen, obwohl es ein leichtes für dich gewesen wäre.«

Das weiße Krokodil sperrte wie gähnend sein riesiges Maul auf.

Tie-tie hob gebieterisch die Hand. »O nein, jetzt wird nicht geschlafen. Das magst du später tun. Zunächst mußt du dir meine Geschichte anhören.«

Das Krokodil duckte sich und preßte die Schnauze auf den Boden.

»So ist es brav«, fuhr Tie-tie anerkennend fort. »Und nun beginne ich mit der Erzählung, die ich mir einmal ausgedacht habe, um einigen Jungen, die in einem Ameisenhaufen herumstocherten, klarzumachen, was Gedankenlosigkeit anrichten kann. Paß also gut auf!

In der Nähe einer wunderschönen Waldlichtung wurde eines Tages eine kleine Ameise geboren, die so merkwürdig gewachsen war, daß niemand etwas mit ihr anzufangen wußte. Sie hatte den schlanken Körper der männlichen Tiere, besaß ebenfalls deren gut ausgebildete Augen, verfügte aber über keine langen Fühler, so daß man im ersten Moment glaubte, ein verkümmertes Männchen vor sich zu haben. Dagegen sprachen ihre hübsch geformte Taille und ihre hochentwickelte Intelligenz, die sie eindeutig als weibliche Ameise kennzeichneten. Man wollte sie deshalb schon in die Gruppe der als Arbeiter dienenden, nicht voll ausgebildeten Weibchen einreihen, als sich herausstellte, daß sie über eine untadelige Samentasche verfügte. Zur Fortpflanzung aber konnte sie nicht gelangen, weil ihr Brustabschnitt nicht dem der Geschlechtstiere entsprach. Sie paßte einfach in kein Schema und ließ sich nirgendwo einordnen, was zur Folge hatte, daß man ihrer überdrüssig wurde und sie ein wenig verächtlich ›Xenia‹, Fremdling, nannte.

Unserer kleinen Ameise machte das nichts aus. Sie hatte ein frohes Gemüt, ging von morgens bis abends ihrer Wege und grämte sich nicht darüber, daß sie zu keiner Arbeit herangezogen wurde. Aber sie war auch nicht glücklich, da sie tagsüber immer allein sein mußte. Und wenn sie zur Dämmerstunde in den Bau ihres Volkes zurückkehrte, waren alle Ameisen von der Last des Tages so erschöpft, daß sie nur noch schlafen und sich nicht unterhalten wollten.

Unhöflich war allerdings niemand zu ihr. Man betrachtete sie als Gast des Staates und vergaß zu keiner Stunde, daß man einem friedfertigen Volk angehörte, das Feindseligkeiten verabscheute und ausschließlich für die Arbeit lebte.

Von dieser war Xenia jedoch ausgeschlossen, und die sich daraus ergebende Einsamkeit betrachtete sie als gerechten Ausgleich dafür, daß sie ein unbeschwertes und unabhängiges Leben führen durfte. Alles auf Erden hat eben zwei Seiten, und die kleine Xenia war vernünftig genug, nicht mit ihrem Schicksal zu hadern. Sie wandte sich vielmehr der

Sonnenseite ihres Daseins zu und begab sich jeden Morgen zu der in der Nähe des Ameisenstaates gelegenen Waldlichtung, wo sie bei gutem Wetter so lange durch die Wiese krabbelte, bis sie eine besonders schöne Blume entdeckte, an deren Stiel sie behende emporkletterte, um sich an ihrem Honig zu erlaben. Anschließend begann sie mit der Reinigung ihrer Fühler und anderer wichtiger Körperteile, und es war recht lustig, ihr während der Säuberungsprozedur zuzuschauen, da sie die sonderbarsten Stellungen einnehmen mußte, um sich der an den Vorderbeinen befindlichen Putzapparate bedienen zu können.

An Regentagen hingegen suchte sie sich am Rande des Waldes Nahrung aus pflanzlichen und tierischen Stoffen. Diese verzehrte sie jedoch nicht sogleich, sondern bewahrte sie in ihrem Kropf auf, bis sie ein Blatt fand, das ihr neben dem erwünschten Schutz auch Aussicht auf die hübsche Waldlichtung gewährte. Und hier nun würgte sie behutsam alles aus, um sich in Ruhe dem Genuß einer ungestörten Mahlzeit hingeben zu können. Sie machte eben aus allem ein kleines Fest, und das tat sie auch an jenem denkwürdigen Tage, der ihr Dasein grundlegend verändern und ihrem Leben einen höheren Sinn geben sollte.

Doch das ahnte sie nicht, als sie eines Morgens eine Blüte fand, die so ergiebig war, daß sie sich ohne

Anstrengung vollschlürfen und zu guter Letzt noch ihren Kropf füllen konnte. Die Folge war eine gewisse Müdigkeit. Sie legte sich deshalb auf die weichen Staubgefäße der langstieligen Blume, um sich vom sanft über die Wiese streichenden Wind in den Schlaf wiegen zu lassen.

Aber kaum hatte sie sich ausgestreckt, da vernahm sie ein in kurzen Intervallen immer wiederkehrendes Klopfen, das nur von einer in Not geratenen Ameise herrühren konnte. Sogleich war sie auf den Beinen. Mit einer Geschwindigkeit, die ihr niemand zugetraut hätte, raste sie zum Blütenrand und von dort aus am Stiel entlang in die Tiefe, wo sie sekundenlang lauschte, um die Richtung zu ermitteln, aus der das hilfeheischende Signal zu ihr herüberdrang. Dann eilte sie weiter, bis sie eine kleine Mulde erreichte, in der eine ungewöhnlich große, aber offensichtlich sehr geschwächte männliche Ameise lag, deren Anblick ihr einen mächtigen Schreck einjagte.

Es war jedoch nicht die Schwäche, sondern das absonderliche Aussehen des Tieres, das Xenia erstarren ließ; denn es war dicht behaart, und seine säbelförmigen Vorderkiefer zeigten deutlich, welche Aufgabe sie zu erfüllen hatten. Freßwerkzeuge waren es jedenfalls nicht, und der kriegerische Charakter seines Volksstammes war durch sie erwiesen.

Aber wie abstoßend das Äußere der mit furchtbaren Kampfwaffen ausgerüsteten Ameise auch sein mochte, sie befand sich in Not, und Xenia kroch deshalb näher an sie heran, um festzustellen, was ihr fehle.

Das kranke Tier, das ihr erwartungsvoll entgegenblickte, hob seinen Vorderkörper, und als Xenia unmittelbar neben ihm war, streckte es seine langen Fühler aus und beklopfte ihren Kopf mit leichten Schlägen, um auf diese Weise verständlich zu machen, daß es Hunger habe und um Nahrung bitte.

Nun hatte die kleine Xenia ihren Kropf an diesem Morgen ja prall mit Honig gefüllt, und sie beeilte sich, dem Fremdling beizustehen. Wie groß aber war ihr Erstaunen, als ihr dieser nach Entleerung ihres Kropfes bedeutete, daß er seine Kiefer nicht benützen könne und sie ihn füttern müsse, wenn sie ihn retten wolle.

Das wollte sie natürlich, und sie erfüllte seinen Wunsch, obgleich ihr nicht ganz wohl dabei zumute war und sie auch nicht verstehen konnte, weshalb sich die fremde Ameise außerstande sah, ihre gewaltigen und zweifelsohne unverletzten Vorderkiefer zu gebrauchen. Im gegenwärtigen Zeitpunkt mochte sie jedoch keine Frage stellen, und so tat sie geduldig ihre Pflicht, bis das geschwächte Tier ihr durch zirpende Geräusche anzeigte, daß es satt sei und sich schon wieder wesentlich wohler fühle. Das schien unserer hilfsbereiten Xenia der rechte Augenblick zur Einleitung einer Unterhaltung zu sein, die, in die menschliche Sprache übertragen, etwa wie folgt verlief:

›Wer bist du eigentlich?‹

›Eine Amazonenameise.‹

›Und woher kommst du?‹

›Aus Südamerika.‹

›Wo liegt das?‹

›Weit von hier entfernt hinter einem großen Meer auf der anderen Seite der Erde.‹

›Und wie bist du hierhergekommen?‹

›Mit einem Schiff, das viele Säcke in dieses Land brachte. Wir hatten sie in einem Lager entdeckt und waren hineingekrochen.‹

›Wer sind: wir?‹

›Ich und meine Sklavinnen.‹

›Du hast Sklavinnen?‹

›Gehabt.‹

›Wo sind sie jetzt?‹

›Tot. Deshalb konnte ich mich auch nicht mehr ernähren. Wenn du nicht gekommen wärest, hätte ich jetzt ebenfalls sterben müssen.‹

›Das verstehe ich nicht. Wieso konntest du dich nach dem Tod deiner Sklavinnen nicht mehr ernähren?‹

›Weil ich eine Amazonenameise bin. Wir sind ein kriegerischer Stamm. Man sagt von uns, daß wir die tüchtigsten Sklavenjäger seien, die es gibt. Schau dir nur meine Vorderkiefer an: mit ihnen bin ich schon in manches Ameisennest eingebrochen. Selbstverständlich nicht allein; immer mit meinen Kameraden.‹

›Das finde ich aber furchtbar.‹

›Wieso? Wir müssen es doch tun. Unsere Kiefer sind keine Freß-, sondern Kampfwerkzeuge. Wenn wir leben wollen, bleibt uns nichts anderes übrig, als fremde Puppen zu rauben und die daraus entschlüpfenden Ameisen so zu erziehen, daß sie uns füttern. Wir können uns eben nicht selbst ernähren.‹

›Wie schrecklich.‹

›Unsinn! Wenn du wüßtest, wie aufregend ein Überfall sein kann und wie schön es ist, sich hinterher füttern zu lassen, dann würdest du anderer Meinung sein.‹

›Und wie soll es nun weitergehen?‹

›Du meinst, mit mir?‹

›Ja.‹

›Ganz einfach: du wirst bei mir bleiben!‹

›Als deine Sklavin?‹

›Natürlich!‹

›Und wenn ich nicht will?‹

›Du willst!‹

Xenia war außer sich. Sie spürte aber, daß die überhebliche Amazonenameise recht hatte. Sie sehnte sich nach einer Aufgabe, und diese bot sich ihr plötzlich in der schönsten Form. Aber durfte sie einem kriegslüsternen Gesellen helfen, der zum Dank dafür womöglich eines Tages ihr eigenes Volk überfiel? War es nicht besser, ihn einfach verhungern zu lassen? Die Vorstellung erschreckte sie so sehr, daß sie sich entschloß, offen mit dem Fremdling zu reden.

Sie bedeutete ihm, daß sie nicht die geringste Arbeit zu erledigen habe, weil ihre Organe so absonderlich gestaltet seien, daß sie in keine Gruppe eingeordnet werden könne, und daß sie glücklich sein würde, wenn sie ihrem Leben einen höheren Sinn geben könnte. ›Ich befürchte nur‹, fügte sie betrübt hinzu, ›dadurch ein großes Unheil anzurichten. Denn wenn ich dich regelmäßig füttere, wirst du wieder stark werden und Lust verspüren, einen friedliebenden Staat zu überfallen.‹

Die Amazonenameise beruhigte Xenia, indem sie ihr einige sanfte Fühlerschläge erteilte. ›Die Sorge brauchst du nicht zu haben. Wenn ich in der Lage wäre, allein einen Überfall durchzuführen, dann hätte ich es zumindest in dem Augenblick getan, da meine letzte Sklavin starb und ich wußte, daß damit auch mein Ende heranrückte. Sollte dir diese Beweisführung aber nicht genügen, dann verspreche ich dir gerne, daß ich mich niemals wieder kriegerisch betätigen werde.‹

›Kann ich mich darauf verlassen?‹

›Ich gebe dir mein Wort!‹

›Nun gut, dann werde ich dich künftighin füttern und ab sofort Barbatus nennen.‹

›Barbatus?‹

›Ja. Weil du so behaart bist.‹

Der Amazonenkämpfer akzeptierte den Namen, obwohl er in Wirklichkeit ›Polyergus‹ hieß und der Auffassung war, nicht sonderlich behaart zu sein. Aber was tut ein alter Haudegen nicht alles, wenn es gilt, die Gunst eines hübschen Geschöpfes zu erringen. Die Freundschaft war auf jeden Fall besiegelt, und Xenia machte sich auf den Weg, um für den notwendigen Nahrungsnachschub zu sorgen.

Eines aber hatte sie nicht bedacht. Durch die vielen Fütterungen, die sie im Laufe des Tages vornahm, ging etwas von dem Geruch auf sie über, der Barbatus zu eigen war, und als sie am Abend, nachdem sie ihren vorerst noch bewegungsunfähigen neuen Freund für die Nacht versorgt hatte, zum Bau ihres Volkes zurückkehrte, verstellten ihr augenblicklich zwei Wächter den Weg. Sie unterschieden sich von den übrigen Ameisen durch besonders große Köpfe und Kiefer, und es begann ein peinliches Schnüffeln und Befragen, dem sich Xenia nur dadurch zu entziehen vermochte, daß sie behauptete, von einer roten Waldameise überfallen zu sein, die sie erst nach längerem Kampf hätte niederringen können.

Man glaubte ihr und ließ sie passieren; sie aber

war um eine Erfahrung reicher und kehrte am darauffolgenden Abend nicht in ihren Bau zurück, ohne zuvor ihren Hinterleib gehoben und sich kräftig mit ihrem eigenen Duft besprüht zu haben.

Gut eine Woche dauerte es, bis Barbatus sich so weit erholt hatte, daß er wieder krabbeln konnte, und Xenia unterließ es an keinem Tag, ihn morgens, mittags und abends mit dem Sekret ihrer Drüse zu bespritzen. Sie hatte ein mitfühlendes Herz und wünschte, daß ihr staatenloser und ganz auf sie angewiesener Schützling die Nächte künftighin nicht mehr im Freien, sondern im Bau ihres Volkes verbringen solle. Das aber setzte voraus, daß sein Geruch dem ihrer Art entsprach. Bedenken, daß er sich nochmals kriegerisch betätigen könne, hatte sie nicht. Sie besaß sein Versprechen und vertraute ihm.

Und das durfte sie auch. Barbatus war froh, gerettet zu sein, und hoffte heißen Herzens, sich irgendwann einmal erkenntlich zeigen zu können.

Das Schicksal wollte es anders. Als er am Abend des achten Tages hinter Xenia herkrabbelnd durch den Eingang ihres Baues schlüpfte, nahmen ihn jäh zwei Soldaten zwischen ihre schräggestellten Kopfschilde und schleuderten ihn in hohem Bogen zur Seite. Doch das war nur der Anfang: Noch während die Torwächter in Aktion traten, ertönte hinter diesen ein schrilles Gezirpe, das im Nu an die zwanzig in Alarmbereitschaft liegende Kämpfer auf den Plan rief, die wie besessen nach draußen stürzten und keinerlei Rücksicht auf die Kette der gerade nach Hause kommenden Arbeiterameisen nahmen, in die Xenia und Barbatus sich eingereiht hatten. Alles ging drunter und drüber, und Xenia gelang es nur mit äußerster Anstrengung, sich aus dem Durcheinander zu befreien und zu der Stelle zu eilen, an der Barbatus in Kampfstellung der sich ihm nähernden Einheit entgegenblickte. Sie erkannte auch sogleich, daß er nicht die geringste Angst verspürte und bereit war, es auf eine Kraftprobe ankommen zu lassen, und um dies zu verhindern, raste sie wie von Sinnen über die Soldaten hinweg, die sich anschickten, einen Kreis um Barbatus zu bilden.

Ihr Verhalten verwirrte die sich zum Angriff formierende Truppe, und als Xenia sich dann noch dem vermeintlichen Feind näherte und dieser ihr nicht das geringste tat, vielmehr versuchte, sie mit zarten Fühlerschlägen zu beruhigen, da waren die Soldaten wie gelähmt.

Xenia benützte die günstige Gelegenheit, ihren Volksgenossen zu bedeuten, daß der Fremdling nichts Böses im Schilde führe und sich niemals ihrem Bau genähert haben würde, wenn sie ihn nicht dazu aufgefordert hätte.

Der Befehlshaber der Wachtruppe klopfte daraufhin in schnellen Intervallen erregt auf den Boden:

›Wie kamst du dazu?‹

›Ich hatte Mitleid mit ihm.‹

›Warum?‹

›Weil er allein ist und einer fremden Rasse angehört, die sich nicht selber ernähren kann. Ich fand ihn fast verhungert in der Waldlichtung. Da habe ich ihn gefüttert, bis er wieder bei Kräften war.‹

Der Befehlshaber erzeugte vor Entsetzen die wildesten Geräusche. ›Und du hast dir eingebildet, daß wir ihn in unseren Staat aufnehmen?‹

›Allerdings.‹

›Ja, siehst du denn nicht, daß er einem kriegerischen Stamm angehört?‹

›Er wurde in unser Land verschlagen und hat mir versprochen, niemandem etwas zuleide zu tun.‹

›Versprechen kann man vieles. Er gehört einer fremden Rasse an; das ist Grund genug, auf der Hut zu sein und ihn fortzujagen!‹

›Ich denke, wir sind ein friedliebendes Volk.‹

›Jawohl, das sind wir! Und damit wir es bleiben, dulden wir keine Fremdlinge in unserem Staat. Und mit Volksgenossen, die keine Ehre im Leibe haben und Angehörige anderer Rassen mit Nahrung versorgen, wollen wir ebenfalls nichts zu tun haben. Schert euch also fort, wenn ihr nicht erleben wollt, daß wir unsere Stachel auf euch richten und euch mit Gift bespritzen!‹

Xenia war wie benommen. Sie begriff das Verhalten ihrer Landsleute nicht und schämte sich ihrer so sehr, daß es ihr nichts ausmachte, wie eine Verbrecherin davongejagt zu werden. Im Gegenteil, die unerwartete Entwicklung versetzte sie sogar in eine gehobene Stimmung, da sie die einmalige Chance erkannte, die sich ihr bot. Sie allein konnte jetzt noch beweisen, daß der Geist ihres Volkes nicht dem jenes rüden Befehlshabers entsprach, und wenn ihr dieses gelang, dann hatte ihr Dasein einen höheren Sinn erhalten, als es das Leben eines ganzen Staates zu sein vermag.

Von dieser Stunde an fütterte Xenia ihren Schützling mit geradezu sklavischer Hingabe, und Barbatus war von ihrer unermüdlichen Fürsorge so beeindruckt, daß er sich angelegentlich bemühte, seiner Dankbarkeit sichtbaren Ausdruck zu verleihen. Jeder tat das Seine, um dem anderen zu helfen. Das hatte zur Folge, daß sie ihr unterschiedliches Aussehen mit der Zeit nicht mehr wahrnahmen und nur noch den Spiegel ihrer Herzen sahen, die beide im Rhythmus friedfertiger Ameisen schlugen.

Ein Leben von ungeahnter Schönheit tat sich vor ihnen auf, und sie unternahmen die herrlichsten Streifzüge durch Wiesen und Wälder, bis sie eines Mittags an einem gefällten Baum vorüberkamen, auf dem ein Mann saß, der eine Zigarette rauchte und gelangweilt in einer Zeitung blätterte. Ihr Interesse war natürlich gleich geweckt. Ohne zu zögern faßten sie den Entschluß, sich den Menschen näher anzusehen.

Xenia war es, die als erste an seinen Schuhen emporklomm, und Barbatus, der auffangbereit unter ihr stehenblieb und jede ihrer Bewegungen aufmerksam beobachtete, folgte ihr erst, als er sah, daß sie gut über das glatte Leder hinweggekommen war. Dann krabbelten sie gemeinsam am Strumpf des Mannes in die Höhe, wobei Barbatus wiederum Xenia den Vortritt überließ, um ihr notfalls beistehen zu können. Er brauchte jedoch keine Hilfestellung zu leisten, da das Gewebe des Strumpfes außerordentlich rauh war und einen prächtigen Halt bot.

Aber noch bevor sie die Wade des Mannes erreicht hatten, entdeckte Xenia ein steil aus der Wolle herausragendes Haar, das sie nach neugieriger Betrachtung veranlaßte, Barbatus einen bedeutsamen Blick zuzuwerfen. Der verstand sofort, was sie wünschte. Er erfaßte das Haar mit seinen starken Kiefern und versuchte, es aus dem Strumpf herauszuziehen. Doch kaum hatte er das getan, da gewahrte er eine herabsausende Hand. Nur einem glücklichen Umstand war es zu verdanken, daß es ihm in letzter Sekunde gelang, Xenia und sich selbst in Sicherheit zu bringen.

Das unliebsame Erlebnis hinderte ihn jedoch nicht, sogleich einen zweiten Versuch zu machen. Mit dem Erfolg, daß der Mann höchst unwillig über sein Bein strich und sich erhob. Dabei warf er seine Zeitung und die Zigarette achtlos zu Boden, und Xenia und Barbatus blieb nichts anderes übrig, als schnellstens auf die Erde zu springen. Mit Mühe und Not gelang es ihnen, sich von dem Menschen zu entfernen, dessen harte Ledersohlen sie in letzter Sekunde fast noch zerquetscht hätten.

Ihr Glück darüber aber war nur von kurzer Dauer, denn die gedankenlos fortgeworfene Zigarette entzündete die Zeitung und entfachte einen Waldbrand, der mit solcher Schnelligkeit um sich griff, daß Xenia und Barbatus sich nicht mehr retten konnten und bei lebendigem Leibe verbrannten.

Feuer vernichtete ihr Leben«, schloß der greise Tie-tie seine Geschichte. »Getötet aber hat sie die Gedankenlosigkeit eines Menschen!«

Das weiße Krokodil, das während der Erzählung regungslos am Ufer gelegen hatte, schnappte sekundenlang nach Luft und ließ sich langsam in den See gleiten. Dabei wandte es seinen Kopf noch einmal zu Tie-tie hinüber, der unter den Augen des mächtigen Raubtieres etwas Glitzerndes zu sehen glaubte.

Krokodilstränen?

Er wünschte sich, daß es keine Wassertropfen seien, und blickte verklärt hinter dem weißen Krokodil her, dessen Kiellinie zwei auseinanderlaufenden Silberfäden glich.

V

Es waren noch keine vierzehn Tage vergangen, als Tie-tie eines frühen Morgens erschrocken von seinem Lager auffuhr, da er männliche Stimmen hörte, die sich der Pagode näherten. Sekundenlang glaubte er zu träumen. Hastig schlüpfte er in seine gelbe Kutte und eilte durch den noch im Dunkeln liegenden Tempel nach draußen, wo er beinahe mit Yen-sun zusammenprallte. In seiner Begleitung befanden sich seine beiden Kameraden und ein rundlicher Malaie, der Tie-tie im ersten Augenblick wie ein Weltwunder anstarrte, dann aber laut auflachte.

Yen-sun warf dem Malaien einen ärgerlichen Blick zu und beeilte sich, die peinliche Situation zu überbrücken. »Du schaust uns an, als seien wir Gespenster«, sagte er und fügte schnell hinzu: »Nun ja, ich kann mir denken, daß unser unerwartetes Auftauchen dich sehr erschreckt hat.«

Den greisen Tie-tie beschlich ein unheimliches Gefühl. Er ließ sich jedoch nichts anmerken, sondern erwiderte lächelnd: »Für mich ist es eine große Freude, dich schon nach so kurzer Zeit wiederzusehen. Ich verstehe nur nicht, warum ihr so früh aufgebrochen seid. Über Tag ist es doch viel schöner hier!«

Yen-sun klopfte ihm auf die Schulter. »Genau das ist der Grund, weshalb wir eine halbe Nachtfahrt in

Kauf genommen haben. Einen vollen Tag wollen wir hier verbringen. Und weißt du, warum? Weil dieser Herr mit seiner Kamera Aufnahmen vom weißen Krokodil machen möchte.«

Tie-tie blickte zu dem Malaien hinüber.

Der reichte ihm die Hand. »My name is Amahd.«

»Er spricht nur englisch und malaiisch«, erklärte Yen-sun. »Ich hatte ihm von dir und dem weißen Krokodil erzählt. Seitdem bedrängt er mich unablässig, ihn hierherzubringen, damit er ein paar Aufnahmen machen kann. Er hat früher bei einem Zoologen gearbeitet und interessiert sich für Tiere aller Art. Besonders natürlich für solche, die man nur selten zu sehen bekommt.«

»What did you tell him?« mischte sich der Malaie in das Gespräch.

Yen-sun grinste und antwortete auf englisch: »Eine kleine Lüge, die ihn beruhigen soll.«

Tie-tie schaute skeptisch von einem zum anderen. Er traute dem Malaien nicht und sagte nach kurzer Überlegung: »Ich fürchte, deinen Bekannten enttäuschen zu müssen. Das weiße Krokodil kommt nur an Land, wenn sich niemand am Ufer aufhält. An mich hat es sich inzwischen gewöhnt, aber wenn es euch sieht, wird es sofort flüchten.«

Yen-sun erklärte Tie-tie, der Malaie besitze ein Teleobjektiv, mit dem er aus großer Entfernung, also auch von der Pagode aus, die schärfsten Aufnahmen machen könne.

»Wenn das der Fall ist, empfehle ich dem Herrn, sich zu gegebener Zeit dort drüben hinter den Strauch zu stellen«, erwiderte Tie-tie. »Vom Ufer aus ist er dann nicht zu sehen.«

»Großartig!« erwiderte Yen-sun erleichtert. »Du gehst dann zum Krokodil hinunter, nicht wahr?«

Tie-tie hob abwehrend die Hände. »Für nichts in der Welt werde ich das tun!«

Yen-sun sah ihn entgeistert an. »Aber warum nicht?«

Tie-tie schilderte sein aufregendes Erlebnis mit dem Krokodil und machte kein Hehl daraus, daß er nicht den Mut habe, sich ihm zu nähern, wenn er nicht allein sei und die Gefahr bestehe, daß das Tier sich erschrecken könne.

Yen-sun übersetzte das Gehörte in einem Tonfall, der Enttäuschung und Verärgerung erkennen ließ.

Auch dem Malaien schien Tie-ties Weigerung zu mißfallen, denn er nagte eine ganze Weile an seinen Lippen, bis er sich mit einem Male vor die Stirne schlug und lachend erklärte: »I know what we do! Wir fotografieren zunächst das Krokodil und dann den komischen Alten, und später kopieren wir die Aufnahmen so übereinander, daß es aussieht, als lägen keine drei Meter zwischen ihnen.«

»Dann haben wir ja, was wir brauchen«, begeisterte sich Yen-sun.

»Nicht alles!« widersprach der Malaie. »Aber du hast recht: das andere ergibt sich von selbst und ist eine Frage der Organisation.«

»Die bei dir in guten Händen liegt.«

»Worauf du dich verlassen kannst.«

»Und was sagst du zu der Pagode?«

»Sie ist genau das, was wir brauchen.«

Tie-tie wurde unruhig, da er spürte, daß ihm etwas verheimlicht wurde. Er kam sich vor wie ein Soldat auf verlorenem Posten. Um seine Nervosität zu verbergen, sagte er resolut: »Jetzt hört mir mal zu: ihr redet und redet, und ich verstehe kein Wort. Um was geht es eigentlich?«

Yen-sun spielte den Erstaunten. »Das habe ich dir doch erzählt. Mein Freund möchte Aufnahmen machen, und er war ziemlich enttäuscht, als er hörte, daß er dich nicht mit dem weißen Krokodil fotografieren kann. Für mich war das peinlich, weil ich... Du verstehst schon. Ich hatte den Mund zu voll genommen. Er hat aber gerade erklärt, daß er es mir nicht verübelt, allerdings hofft, zum Ausgleich dafür einige Bilder von dir und den Hühnern machen zu dürfen – beim Spaziergang an der Leine und so. Dagegen hast du doch nichts einzuwenden, oder...?«

Tie-tie schüttelte den Kopf. Was sollte er darauf erwidern?

Yen-sun rieb sich die Hände. »Na, dann laden wir

dich erst mal zum Frühstück ein. Du brauchst nur für heißes Wasser zu sorgen. Tee und Reisbuletten haben wir mitgebracht.«

Der greise Tie-tie schlurfte davon, als hätte sich eine Zentnerlast auf seine Schultern gesenkt. Er fühlte, daß er belogen wurde, und war froh, wenigstens einige Minuten nichts hören zu müssen. Dabei brannte er darauf, etwas über Sim und deren Kinder zu erfahren. Er wagte jedoch nicht, sich nach ihnen zu erkundigen, weil er befürchtete, dann ebenfalls mit einer Lüge abgespeist zu werden.

Was er empfand, war Verachtung, bis ihm beim Entfachen des Feuers ein Spruch Lao-tses einfiel, der gelehrt hatte: ›Dem ehrlichen Menschen glaubt man, dem Lügner nicht minder; den guten Menschen hält man für gut, den schlechten aber auch. Der Aufrichtige verachtet niemanden; es gibt darum keine zu verachtenden Menschen.‹

Tie-tie nahm sich vor, diese Worte zu beherzigen, aber es fiel ihm nicht leicht, sich mit Yen-sun zu unterhalten, als sei nichts geschehen. Er bemühte sich, den in ihm aufkeimenden Argwohn zu unterdrücken, und er entsprach allen Wünschen, die an ihn gerichtet wurden. So ließ er sich mit ›Tang‹ und ›Ting‹ vor der Pagode, auf der Steintreppe und am Ufer fotografieren, umwanderte den Tempel mit der Gebetsmühle in der Hand und weckte sogar einige Makaken, als Yen-sun ihm bedeutete, daß es für seine Kinder keine größere Freude geben könne, als ein Bild zu erhalten, das ihn mit den Affen zeige.

Der Gedanke, den Kindern ein Geschenk machen zu können, stimmte Tie-tie so froh, daß er alle Bedenken beiseite schob und willig tat, was man von ihm wünschte. Er war mit einem Male sogar der Überzeugung, daß sein Mißtrauen ungerechtfertigt sei. Warum sollte Yen-sun ihn belügen? Und hatte er, Tie-tie, sich nicht schon einmal getäuscht, als er annahm, daß Yen-sun aus eigennützigen Motiven ein Zimmer für die neu eingestellte Hausgehilfin herrichten lasse! Er tat wirklich unrecht, wenn er den jungen Chinesen verdächtigte, nur weil ihn der unverhoffte Goldregen der Nachkriegszeit geblendet und verändert hatte.

Angesichts der Tatsache, daß Yen-sun seinen Kindern eine Überraschung bereiten wollte, weitete sich Tie-ties einfältiges Herz und verflüchtigte sich sein Mißtrauen wie Eis in der Sonne. Ihm war nun alles recht. Er erhob nicht einmal Einspruch, als der rundliche Malaie, dessen fleischige Finger an Würstchen erinnerten, im Inneren des Tempels Blitzlichtaufnahmen machen wollte. Unerklärlich blieb ihm allerdings, weshalb Yen-suns Bekannter jede Kleinigkeit zu fotografieren wünschte. Aber er fragte nicht danach und war froh, als der Rummel endlich beendet war und seine Gäste sich vor der Pagode niederließen, um die Ankunft des weißen

Krokodils abzuwarten.

Tie-tie verschwieg, daß das mit Spannung erwartete Raubtier frühestens in einer Stunde kommen würde. Warum sollte er die ihm viel zu laut und zu geschäftig erscheinenden Männer nicht ein wenig an der Nase herumführen? Sie erzählten ihm ja auch nicht alles, und die Wartezeit kam ihm wie gerufen, weil sie ihm die Möglichkeit bot, sich mit Yen-sun zu unterhalten.

Doch er täuschte sich. Bereits nach der ersten, seine Frau betreffenden Frage erklärte Yen-sun recht unwirsch: »Ich habe dir doch gerade vor zwei Wochen gesagt, welch komische Auffassungen sie in letzter Zeit hat. Wozu also über sie reden? Es hat keinen Sinn. Außerdem bin ich müde und möchte etwas schlafen.«

Tie-tie war es, als habe er einen Schlag vor den Kopf erhalten. In ihm wurde all das wieder wach, was er mühsam unterdrückt hatte. »Nun gut«, entgegnete er verwirrt. »Dann werde ich in den Tempel gehen und für Sim und die Kinder beten.«

»Das kann nicht schaden«, erwiderte Yen-sun gähnend. »Und es wäre nicht schlecht, wenn du mich in dein Gebet einschließen würdest. Ich habe nämlich große Pläne und dementsprechende Sorgen.«

Ohne ein weiteres Wort zu verlieren, begab sich Tie-tie in den Tempel, in dem er lange vor der Buddhastatue kniete und inbrünstig betete. Dann begann er eine ruhelose Wanderung und fragte sich immer wieder: Was mag in Yen-sun gefahren sein? Geld allein kann ihn nicht so verändert haben. Sollte womöglich doch die Gehilfin...?

Er erinnerte sich des weisen Kung-tse, der gelehrt hatte: »Wenn du das Wesen eines Mannes ergründen willst, dann betrachte seine Taten, erwäge seine Beweggründe und prüfe, woran er Befriedigung findet.«

Ich muß mit Yen-sun sprechen, sagte er sich und ging nach draußen, wo er die Männer in geduckter Haltung zum Ufer hinunterstarren sah.

»Das Krokodil ist da«, zischte Yen-sun. »Bleib stehen! Wir machen gerade Aufnahmen!«

Der Anblick des wie suchend zur Pagode heraufschauenden Krokodils schmerzte Tie-tie. Wie ein Verräter kam er sich vor. Er bedauerte es zutiefst, dem rundlichen Malaien Ratschläge erteilt zu haben.

Eine schreckliche Ernüchterung erfaßte ihn und raubte ihm alle Illusionen. Er war sich plötzlich darüber klar, daß man Schindluder mit ihm trieb. Konnte es sich da noch lohnen, mit Yen-sun zu reden? Wie mußten er und seine Begleiter über ihn gelacht haben, als er sich, im Glauben, den Kindern eine Freude zu bereiten, willig zu Aufnahmen zur Verfügung gestellt hatte. Der Himmel mochte wissen, wofür die Fotos benötigt wurden. Tie-tie zweifelte nicht mehr daran, daß man ihn schändlich hintergangen hatte.

Diese Erkenntnis hielt ihn jedoch nicht davon ab, seinen einmal gefaßten Entschluß in die Tat umzusetzen. »Hast du einen Moment Zeit für mich?« wandte er sich an Yen-sun, als das weiße Krokodil infolge einer unvorsichtigen Bewegung des Malaien jäh geflüchtet war.

Yen-sun nickte, ohne den Blick vom See zu wenden, auf dem sich eine leichte Kiellinie abzeichnete.

»Dann komm!«

Der junge Chinese drehte sich um und sah ihn fragend an. »Wohin?«

»Wohin du willst. Ich möchte mich mit dir unterhalten.«

»Worüber?«

»Das sage ich dir, wenn wir allein sind.«

Yen-sun tippte sich an die Stirn. »Dann weiß ich, was du von mir willst, und verzichte auf die Unterredung. Ich bin groß genug, um zu wissen, was ich tue, und brauche weder ein Kindermädchen, das mich in den Schlaf wiegt, noch einen Geschichtenerzähler, der sich einbildet, die Welt mit moralisierenden Märchen verbessern zu können.«

Tie-tie sah ihn bittend an. »Ich wollte dir kein moralisierendes Märchen erzählen.«

»Sondern?«

»Mich in aller Offenheit mit dir unterhalten.«

»Über gewisse Dinge will ich aber nicht reden!« ereiferte sich Yen-sun.

Tie-tie seufzte. »Dann bleibt mir nichts anderes übrig, als zu schweigen; denn wer mit Menschen spricht, die nicht mit sich reden lassen wollen, vergeudet Zeit und Worte.«

Yen-sun rümpfte die Nase. »Ist das der Weisheit letzter Schluß?«

»Nein«, antwortete Tie-tie mit sanfter Stimme. »Da würde ich eher sagen: Der Weise vergeudet keine Worte, läßt aber auch keinen Menschen verlorengehen. Du kannst mich also jederzeit aufsuchen, wenn du mich sprechen möchtest.«

»What's the matter?« mischte sich der Malaie ein.

»Nothing!« erwiderte Yen-sun. »Unser Mönchlein scheint nur Lunte gerochen zu haben.«

»Hoffentlich macht er keine Schwierigkeiten.«

»Ach was. Er ist ein bißchen verrückt und hält sich für verpflichtet, mir Ratschläge zu erteilen. Dauernd schwebt er auf silbernen Wolken und hat keine Ahnung, was es heißt, sich auf der Erde behaupten zu müssen.«

Der Malaie grinste. »Hauptsache, bei uns hat alles geklappt.«

»Bist du zufrieden?«

»Sehr! Mir ist übrigens ein großartiger Gedanke gekommen. Sag deinen Männern, daß sie auf die Pagode klettern und zwanzig bis dreißig Ziegel herunterholen sollen. Aber vom hinteren Teil des Daches, damit der Alte es nicht merkt.«

Yen-sun sah ihn verblüfft an. »Was willst du mit den Dingern?«

»Das erzähle ich dir später. Ich muß jetzt meine Sachen packen. In fünf Minuten bin ich fertig. Dann kann es von mir aus losgehen. Je früher wir nach Hause kommen, um so besser.«

Yen-sun nahm seine Kameraden zur Seite und gab ihnen eine entsprechende Anweisung. Dann kehrte er zu Tie-tie zurück, der sich auf die Steintreppe gesetzt hatte und mit wunden Augen über den See blickte. »Worüber grübelst du nach?« fragte er ihn im Bestreben, die eingetretene Verstimmung zu verwischen.

Tie-tie schaute zu ihm hoch. »Über vieles. Unter anderem auch über dich.«

»Bist du böse?«

»Nein, ich bin traurig.«

»Weil ich nicht so bin, wie du mich haben möchtest?«

Tie-tie hob die Schultern.

Yen-sun setzte sich zu ihm. »Begreif doch endlich, daß junge Menschen nicht wie alte leben können. Zumal nicht in einer Zeit, in der alles drunter und drüber geht. Was einmal war, das ist zerstört. Wir müssen sehen, daß wir uns durchschlagen: so oder so! Es gibt keine eingefahrenen Gleise mehr, auf denen man sicher dahingleiten kann. Übriggebliebenen sind nur Chancen und Möglichkeiten, die ergriffen und genützt werden müssen. Wer zögert und lange überlegt, bringt es zu nichts und bleibt in der Masse.«

»Das mag richtig sein«, entgegnete Tie-tie. »Du vergißt aber, daß derjenige, der einfach lebt, keine Unruhe kennt, wohingegen reiche und in hohe Stellungen gelangte Menschen niemals ohne Sorgen sind. Ist es da nicht besser, in der Masse zu bleiben und ein glückliches und zufriedenes Leben zu führen?«

»Deine Worte widersprechen der Tatsache, daß der Mensch seiner Natur gemäß nach oben strebt«, antwortete Yen-sun verächtlich.

»Gewiß«, erwiderte Tie-tie. »Wer jedoch aufsteigen will, muß unten beginnen. Man muß ja auch in der Nähe anfangen, wenn man weit fahren will, und das ist es, was ich dir verständlich machen möchte. Du hast plötzlich viel Geld verdient und möchtest nun erzwingen, daß es weiterhin so bleibt. Das geht nicht. Wer es mit Gewalt versucht, wird zwangsläufig auf einen Weg geraten, dessen Ende ›Enttäuschung‹ heißt. Es ist nun einmal so, daß alles auf Erden wachsen und reifen will. Wer sich einbildet, diesen Prozeß überspringen zu können, verdirbt den großen Plan und gleicht einem Kinde, das am Abend einen Kirschkern in die Erde steckt und hofft, am nächsten Morgen einen blühenden Baum vorzufinden.«

Das unversehens doch noch zustande gekommene Gespräch erleichterte Tie-tie, wenngleich es ihm nicht die Möglichkeit gegeben hatte, über jene Dinge zu sprechen, die ihn schwer getroffen hatten. Sie waren aber wenigstens im Guten auseinandergegangen, und das ließ ihn neue Hoffnung schöpfen. Er wußte natürlich, daß Worte allein keinen Menschen ändern können, aber er war durchdrungen vom Glauben an die Stärke des Guten und deutete den versöhnlichen Abschied als ein Zeichen dafür, daß Yen-sun ihn verstanden habe.

Ein ungutes Gefühl beschlich ihn jedoch, wenn er an den rundlichen Malaien dachte. Mit ihm konnte er nicht fertig werden. Vielleicht lag es daran, daß er dessen Sprache nicht verstand; auf jeden Fall mißtraute er ihm, und je länger er über alles nachdachte, um so mehr gelangte er zu der Überzeugung, daß Yen-sun sich erst unter dem Einfluß des Malaien so grundlegend verändert habe.

Ich muß etwas unternehmen, sagte er sich immer wieder. Aber was?

Tie-tie wäre nicht er selbst gewesen, wenn er keinen Ausweg gefunden hätte. Er kniete nun täglich eine Stunde länger vor der aus Sandelholz geschnitzten Buddhastatue und flehte den Allmächtigen an, seine schützende Hand über Yen-sun zu halten und zu bedenken, daß dieser, wie jeder andere, weitgehend Nachsicht verdiene, da sich der Charakter des Menschen mit der Verschiedenheit seiner Umgebung in der gleichen Weise verändere wie das Bild eines Flusses, dessen Lauf durch Täler und Ebenen führt. Und um den Himmel zu verpflichten, seiner Bitte zu entsprechen, schloß er seine zusätzliche Gebetsstunde stets mit den Worten: »Und nun danke ich dir dafür, daß du mich erhört hast! Om mani padme hum! O Kleinod in der Lotosblume, Amen!«

Wochen und Monate gingen so dahin. Die Zeit schien stillzustehen und beantwortete keine der Fragen, die sich dem greisen Tie-tie immer wieder aufdrängten. Wie mochte es Sim ergehen, wie ihren Kindern? War seine zuletzt an Yen-sun gerichtete Mahnung auf fruchtbaren Boden gefallen, oder hatte der Wind der Nachkriegszeit mit seinen Worten gespielt und sie an Yen-suns Ohr vorbeigeblasen?

Die Monate reihten sich wie die Steine eines Gebetskranzes aneinander, ohne daß sich jemals ein Boot zeigte. Nur das weiße Krokodil tauchte in gewohnter Regelmäßigkeit auf, und wenn Tie-tie ihm seine Geschichten erzählte, dann wünschte er sich oft, daß es reden und ihm sagen könnte, wie es Yen-sun und seiner Familie ergehe, die es wahrscheinlich täglich zu sehen bekam, wenn es von seinen nächtlichen Jagden zur Sandelholz-Pagode zurückkehrte.

Fast sieben Monate wartete Tie-tie vergeblich auf ein Lebenszeichen, dann aber erschien Yen-sun, begleitet von seinen Kindern, die schon von weitem seinen Namen riefen und ihn nach der Landung so stürmisch umarmten, daß er gerührt in Tränen ausbrach.

»Bist du krank?« fragte ihn das Mädchen.

Er schüttelte den Kopf. »Wie kommst du darauf?«

»Weil du weinst.«

»Ach, das ist nur Freude! Freude darüber, daß ihr zu mir gekommen seid.«

Yen-sun reichte ihm die Hand. »Mein schlechtes Gewissen trieb mich, die Kinder mitzunehmen. Ohne sie hätte ich mich nicht hierhergewagt.«

»Das nehme ich als ein gutes Omen«, entgegnete Tie-tie erfreut und wandte sich an Yen-suns Kameraden, die er herzlich begrüßte und scherzhaft fragte, ob sie ebenfalls ein schlechtes Gewissen hätten.

Einer von ihnen wies auf Yen-sun. »Der Chef ist unser Gewissen.«

Tie-tie hob die Augenbrauen, aber noch bevor er etwas erwidern konnte, zeigte ihm Yen-suns Sohn eine Fotografie, die ihn, den greisen Tie-tie, mit einigen Affen zeigte. »Kennst du dieses Bild?«

»Nein«, antwortete er und betrachtete die Aufnahme. »Euer Vater ist ja seit damals... Aber die Aufnahme ist sehr schön«, unterbrach er sich. »Wirklich, ich hätte nicht gedacht...«

»Wir haben das Bild schon lange«, fiel der Junge hastig ein. »Papa hat es uns geschenkt und gesagt, daß du uns zu den Affen führen würdest. Tust du das?«

»Natürlich!«

»Und zeigst du uns auch das weiße Krokodil?«

»Selbstverständlich«, antwortete Tie-tie. »In etwa einer Stunde wird es kommen. Wenn wir zur Pagode hinaufgehen und ihr euch schön ruhig verhaltet, wird es gewiß nicht flüchten.«

»Hier, ich habe auch vom weißen Krokodil ein Foto.«

Tie-tie war von der Schärfe und Größe der Aufnahme verblüfft. »Das sieht ja aus, als habe der Fotograf direkt vor der Schnauze gestanden«, rief er begeistert.

Yen-sun spreizte sich wie ein Pfau. »Das ist die Wirkung des Teleobjektivs! Unabhängig davon ist mein Freund bekannt dafür, daß er hervorragende Bilder macht.«

»Lebt er in eurer Nähe?« erkundigte Tie-tie sich wie nebenbei.

»Nein, er hat ein Haus in Penang, wo ich mich in letzter Zeit ebenfalls viel aufhalte. Wir haben eine

Gesellschaft gegründet.«

»Eine *Gesellschaft*?« fragte Tie-tie erstaunt.

»Ja. Das ist auch der Grund, warum ich nicht kommen konnte. Die Aufbauarbeit gestattete es einfach nicht.«

»Und was ist das für eine Gesellschaft?«

»Das erzähle ich dir später«, erwiderte Yen-sun. »Wir haben allerhand auszuladen, und ich schlage vor, daß du mit den Kindern inzwischen nach oben gehst und ihnen die Affen zeigst.«

Diesen Vorschlag akzeptierte Tie-tie gerne, und sein Glück war grenzenlos, als der Junge und das Mädchen seine Hände ergriffen und mit ihm die Steintreppe emporstiegen. Ihm war zumute, als führten die Stufen an diesem Tage in den Himmel hinein. Das muntere Geplauder der beiden Kleinen tönte in seinen Ohren wie der helle Klang der an den Traufen der Pagodendächer hängenden Windglöckchen.

Ihre Fragen rissen nicht ab und verlangten immer neue Antworten. »Hat dich noch nie ein Tiger überfallen? Glaubst du, daß die Hühner uns wiedererkennen? Wohnt der Allmächtige bei dir in der Pagode? Was machst du, wenn du nichts zu essen hast? Können die Affen auch beten? Wer beerdigt dich eigentlich, wenn du mal stirbst?«

Tie-tie kam in der nächsten Stunde nicht dazu, sich nach Sim und dem Leben daheim zu erkundigen. Hierzu fand er erst Gelegenheit, nachdem er den Kindern alles gezeigt und erklärt hatte.

»So«, sagte er, als sie die Pagode verließen, »nun müßt ihr mir erzählen, wie es eurer Mutter geht. Hat sie viel Arbeit?«

»Nur wenn Han nicht da ist«, antwortete das Mädchen.

»Wer ist Han?«

»Unsere Gehilfin!«

»Papa hat sie eingestellt«, fügte der Junge wichtigtuerisch hinzu. »Und er hat sich auch ein Auto gekauft! Weißt du, wie schnell er damit fahren kann? So schnell, daß man die Bäume nicht mehr sieht.«

»Und die Gehilfin ist nicht immer zu Hause?« erkundigte sich Tie-tie, obwohl er wußte, daß er mit dieser Frage damit begann, die Kinder auszuhorchen.

Der Junge schüttelte den Kopf. »Han muß Papa doch in Penang bei der Arbeit helfen.«

»Mama sagt, das wäre überhaupt nicht wahr!« widersprach das Mädchen.

»Und es ist wohl wahr!« redete der Junge trotzig dagegen. »Ich habe selbst gesehen, wie sie auf einer Schreibmaschine geschrieben hat.«

»Mama sagt aber, daß er sie heiraten will.«

Tie-tie war so betroffen, daß seine Gedanken wie Blätter durcheinanderwirbelten. »Ihr dürft euch nicht zanken«, sagte er verwirrt. »Denn wenn ihr...« Er unterbrach sich und blickte von einem zum anderen. »Kommt, wir setzen uns zu den Hühnern und schauen auf den See hinab.«

»Erzählst du uns dann ein Märchen?«

»Ja. Vorher muß ich aber noch mit eurem Vater sprechen.«

»Du hast doch eben gesagt, daß wir auf den See schauen wollen.«

»Das ist richtig. Nur... Wenn ich euren Vater und die Fischer jetzt nicht heraufhole, kann es passieren, daß das weiße Krokodil nicht an Land kommt. Und das wäre doch schade, nicht wahr?«

Dieses Argument ließen die Kinder gelten, und sie setzten sich brav zu den Hennen, während Tie-tie zum Ufer hinunterhastete, wo Yen-sun gerade drei große, mit Blech beschlagene Kisten verriegelte, die er am Treppengeländer hatte aufstellen lassen.

»Was hat das zu bedeuten?« fragte Tie-tie ihn außer Atem.

Yen-sun lachte. »Schade, daß du sie schon gesehen hast. Ich wollte dich nämlich gerade aufsuchen und dir erzählen... Aber laß uns nach oben gehen«, fuhr er nach kurzer Unterbrechung fort, während der er sich bei Tie-tie einhakte. »Wir verscheuchen sonst das Krokodil, und ich möchte dir in Ruhe und der Reihe nach erzählen, was ich zu berichten habe.«

Tie-tie war unfähig, etwas zu entgegnen.

»Denk einmal zurück«, fuhr Yen-sun im Plauderton fort. »Erinnerst du dich an die Stunde, da ich dir sagte, du würdest zur Attraktion des Tages werden, wenn man dich und das weiße Krokodil in eine Stadt verpflanzen könnte?«

Tie-tie nickte geistesabwesend.

»Nun, der Gedanke daran und meine dauernde Geldkalamität haben mich nicht zur Ruhe kommen lassen.«

Tie-tie sah ihn verständnislos an. »Dauernde Geldkalamität? Ich denke, du hast enorm viel verdient.«

»Natürlich! Mehr aber noch mußte ich ausgeben. Die Fischkutter, die neuen Motoren, der Umbau des Hauses und die Vergrößerung des Trockenplatzes haben Riesensummen verschlungen. Hinzu kam, daß ich mich gezwungen sah, in Penang eine Firma zu gründen, die es mir ermöglichen soll, meine getrockneten Fische in Zukunft ohne Zwischenhändler zu verkaufen. Das bedingte die Beschaffung von Büro- und Lagerräumen, die Einstellung von weiterem Personal und den Kauf eines Autos, das ich dringend benötigte, um schnell hin- und herflitzen zu können. Kurzum: meine Kasse ist beständig leer, weil ich dauernd investieren muß, ohne über eine entsprechende Kapitaldecke zu verfügen.«

»Du willst es also erzwingen!«

»Was?«

»Daß aus einem Kirschkern über Nacht ein blühender Baum wird.«

Yen-sun machte eine unwillige Bewegung und gab Tie-ties Arm frei. »Mit Weisheiten kommt man im Geschäftsleben nicht weiter.«

»Etwa mit Dummheiten?« fragte Tie-tie anzüglich.

Yen-sun warf ihm einen ärgerlichen Blick zu. »Bleiben wir bei der Sache. Im Geschäftsleben braucht man Initiative und Unternehmergeist, und beides besitze ich in hohem Maße. Aber darüber wollte ich nicht mit dir reden. Ich habe das alles nur erwähnt, um dir klarzumachen, daß ich im Augenblick kräftig rudern und mich von morgens bis abends bemühen muß, neue Quellen zu erschließen.«

»Und was habe ich damit zu tun?«

»Eigentlich nichts. Es ist nur so, daß mich die Fotos meines Freundes auf eine Idee gebracht haben, die uns Geld einbringen und dir viel Freude bereiten könnte.«

»Mir?«

»Ja. Die Sache ist im Prinzip ganz einfach. Wir, mein Freund und ich, haben eine Gesellschaft gegründet, die es sich zur Aufgabe macht, allen nach Penang kommenden Reisenden auf einer einzigen Motorbootfahrt die unterschiedlichsten Dinge zu zeigen. Zum Beispiel: die Schönheit der malaiischen Küste, die Ruhe unserer Flüsse, den Zauber eines Klongs, das Unheimliche des Dschungels und, gewissermaßen als Krönung der Rundfahrt, diese himmlische Pagode, die doch wirklich dazu angetan ist, den Ausländern, die nichts vom Buddhismus wissen, ein eindrucksvolles Bild von der Macht unseres Glaubens zu geben.«

Tie-ties winzige Augen erhielten einen unverkennbaren Glanz.

Yen-sun beeilte sich, weitere Details hinzuzufügen.

»Was glaubst du, wie ergriffen die Amerikaner und Europäer sein werden, wenn sie in deinen Tempel eintreten und die darin liegende Sandelholz-Statue erblicken! Wir lassen selbstverständlich einen Opferstock aufstellen, über den du allein verfügen sollst. Du kannst das Geld an die Klöster in Lhasa und Kumbum schicken oder es armen Menschen geben, denen du helfen möchtest. Das überlassen wir ganz dir. Wir wollen lediglich an den Fahrten verdienen und an Postkarten, Andenken und dergleichen, die übrigens in den Verkaufstruhen liegen, die ich gerade aufstellen ließ. Praktische Dinger, sage ich dir. Man braucht ihre Vorderseiten nur hinunterzuklappen, und schon kann man etliche Schubfächer herausziehen.«

Tie-tie schwirrte der Schädel.

Yen-sun bohrte weiter. »Na, was sagst du dazu?

Ist die Idee nicht großartig?«

»Gewiß, gewiß. Ich weiß nur nicht... Meinst du wirklich, daß Ausländer...«

»... sich für unsere Religion interessieren?« fiel Yen-sun hastig ein. »Sie brennen förmlich darauf, Näheres über Buddha und seinen Lebensweg zu erfahren. Das ist nicht so dahingeredet. Ich weiß es bestimmt, weil wir auf unseren Prospekt, den wir vor Monaten drucken ließen und an viele Schiffahrtsgesellschaften und Reisebüros versandten, Hunderte von begeisterten Zuschriften erhalten haben. Alle wollen mit uns zusammenarbeiten, und mein Freund hat sich inzwischen so eingehend mit der buddhistischen Lehre beschäftigt, daß er erstklassige Vorträge halten und die Fremden über alles Wissenswerte und Erhabene informieren kann. Wir nehmen unsere Aufgabe sehr ernst, wenngleich es uns natürlich in erster Linie darauf ankommt, Geld zu verdienen. Aber was wir machen, das machen wir mit Leib und Seele – für Leib und Seele!«

Geschickter hätte Yen-sun nicht vorgehen können. Er würzte die Wahrheit mit Lügen, die nicht ohne weiteres zu durchschauen waren, und es lag auf der Hand, daß den greisen Tie-tie allein schon die Vorstellung beglückte, aufgeschlossenen und an der Lehre Buddhas interessierten Reisenden die Kostbarkeiten der Sandelholz-Pagode zeigen zu dürfen.

Eines aber erschreckte ihn: er hatte gelobt, sein Leben als Einsiedler zu beenden. Wurde sein Gelübde nicht durchbrochen, wenn er künftighin vielfach mit Menschen zusammenkam?

Yen-sun, der Tie-tie heimlich beobachtete, riß ihn aus seinen Überlegungen. »Bei dir weiß man nie, woran man ist«, sagte er ungehalten. »Da glaubt man, dir eine Freude zu bereiten, und was tust du? Sagst kein Wort und grübelst vor dich hin!«

Tie-tie hob schuldbewußt die Hände. »Entschuldige meine Zerstreutheit, aber ich dachte gerade an mein Gelübde. Wenn du dein Vorhaben verwirklichst, führe ich doch nicht mehr das Leben eines Eremiten.«

»Wieso nicht?«

»Überlege selber! Wenn in Zukunft hier dauernd Menschen erscheinen...«

»Wer spricht von dauernd?« unterbrach ihn Yen-sun. »Ich schätze, daß wir höchstens einmal in der Woche kommen werden.«

»Nicht öfter?«

»Das halte ich für ausgeschlossen. Für den Anfang wollen wir froh sein, wenn wir im Monat zwei Fahrten machen können.«

»Und dabei kommt ihr auf eure Kosten?«

»Sonst würden wir es nicht tun. Bedingung ist allerdings, daß mindestens dreißig Personen an der Fahrt teilnehmen. Dann haben wir schon dreihundert Singapore-Dollar verdient. Und sollten sich weniger melden, dann fahren wir eben nicht. Außer den geleisteten Vorarbeiten wollen wir vorerst kein Risiko eingehen.«

»Und später?« fragte Tie-tie, der von allem so verwirrt war, daß er nicht einmal mehr an das dachte, was ihn wenige Minuten zuvor voller Entsetzen von den Kindern fortgetrieben hatte.

Yen-sun zündete sich eine Zigarette an. »Später werden wir nicht daran vorbeikommen, uns eine komfortable Jacht zu kaufen. Und damit beginnt das Risiko. Fürs erste benutzen wir ein gechartertes Motorboot. Nach einer gewissen Anlaufzeit muß sich das natürlich ändern. Denn wie kommen wir dazu, andere mitverdienen zu lassen? Chartergeld ist verlorenes Geld.«

Tie-tie schüttelte den Kopf. »Wie kann man so selbstsüchtig sein!«

»Das ist kaufmännisch gedacht«, entgegnete Yen-sun lachend.

»Möglich«, erwiderte Tie-tie. »Wohin aber führt solches Denken? Doch geradewegs in einen Teufelskreis! Betrachte nur deinen Werdegang. Erst hattest du einen Kutter; der genügte dir nicht, und du kauftest zwei weitere hinzu. Das steigerte den Fischfang und bedingte eine Vergrößerung deines Trockenplatzes. Der erhöhte Umsatz machte es dann wünschenswert, eine eigene Vertriebsfirma zu besitzen.

Diese verlangte Büro- und Lagerräume, die wiederum ausgerüstet werden mußten und die Anschaffung eines Autos erforderlich machten. Alles aber fraß Geld und riß Löcher in deinen Beutel, Löcher, die einen zweiten Teufelskreis gebaren. Dieses Mal mit einem Kompagnon. Ihr gründetet eine Gesellschaft, die außer Werbemitteln ein großes Motorboot benötigt. Ihr chartert ein solches, doch das befriedigt euch nicht. Ihr wollt ein eigenes besitzen, damit andere nicht mitverdienen, und ihr werdet euch eines Tages ein entsprechendes Boot kaufen. Dadurch entstehen neue Löcher, nunmehr in zwei Beuteln, die zwangsläufig einen dritten Teufelskreis in die Welt setzen. Und was ändert sich für dich? Du kannst täglich nur einen Scheffel Reis essen und wirst niemals in zwei Betten schlafen können.«

»Bist du fertig?« fragte Yen-sun überheblich.

»Nein!« antwortete Tie-tie erregt, da ihn seine letzte, ohne jeden Hintergedanken gemachte Bemerkung an das erinnerte, was er von den Kindern gehört hatte. »Durch Zufall habe ich vorhin erfahren, daß eure Gehilfin dich regelmäßig nach Penang begleitet. Stimmt das?«

Yen-sun kniff die Lider zusammen. »Willst du einen Streit vom Zaun brechen?«

»Welches Interesse sollte ich daran haben?«

»Dann rate ich dir dringend, deine Nase nicht in andere Töpfe zu stecken!«

»Ich werde deinen Ratschlag befolgen«, erwiderte Tie-tie beherrscht. »Aber ich werde auch Rückschlüsse aus der Tatsache ziehen, daß du mich in dieser Angelegenheit vor Monaten belogen hast.«

»Das habe ich nicht getan!« brauste Yen-sun auf. »Damals war Han noch Luft für mich. Das hat sich erst im Laufe der Zeit geändert.«

»Und wie soll es weitergehen? Willst du sie heiraten?«

Yen-sun sah ihn entgeistert an. »Haben die Kinder das behauptet?«

»Nein! Ich stelle lediglich eine Frage.«

»Die ich offen beantworten werde«, konterte Yen-sun wütend. »In Malaya ist ein Mann mit vier Frauen bekanntlich angesehener als einer, der nur ein Weib besitzt. Als Chinese denke ich natürlich nicht daran, mir weiteren Ärger an den Hals zu hängen. Ich halte es mit meinen ehrenwerten Ahnen, die sich mit sogenannten ›Grünrockfrauen‹ amüsierten. Und wenn du befürchtest, daß ich Sim vernachlässige, dann bist du auf dem Holzweg. Das Haus am Muda ist tabu. Ich werde mich niemals von Sim trennen! Sie ist und wird meine einzige Frau bleiben. Schon der Kinder wegen. Und nun möchte ich von der ganzen Geschichte nichts mehr hören, sondern wissen, wie du zu meinen Plänen stehst. Was sagst du zu ihnen?«

Tie-tie strich sich über die Stirn und antwortete

verstört: »Ich weiß nicht... Warum soll ich überhaupt Stellung nehmen? Du hast alles vorbereitet und wirst ja doch tun, was du willst.«

»Eben nicht!« ereiferte sich Yen-sun, der aus Gründen, die er wohlweislich verschwieg, großen Wert darauf legte, Tie-tie bei guter Stimmung zu halten. »Wenn du bündig erklärst, die Reisenden nicht empfangen zu wollen, werde ich zwar eine Mordswut haben, aber nichts anderes tun können, als alles über den Haufen zu werfen.«

Tie-tie glaubte seinen Ohren nicht trauen zu dürfen. »Und warum würdest du dich nach mir richten?«

Yen-sun zuckte die Achseln. »Das weiß ich selber nicht. Vielleicht, weil ich Angst habe, daß das Schicksal, das uns zusammenführte, sich gegen mich wendet, wenn ich nicht in Harmonie mit dir lebe.«

Es war klar, daß seine Worte wie Balsam in Tieties wundgewordenes Herz tropften.

Yen-sun wünscht in Harmonie mit mir zu leben, frohlockte er insgeheim. Der schon verloren Geglaubte ist noch nicht verloren. Er gehört nur einer neuen Generation an, die sich durch die Gegebenheiten ihrer Zeit immer mehr vom Althergebrachten entfernt und deshalb nicht in jedem Falle von alten Menschen verstanden werden kann. Sein guter Kern ist aber zutage getreten, und es bewahrheitet sich, daß man wohl Himmel und Erde zu messen vermag, nicht jedoch das menschliche Herz.

»Hör zu«, wandte er sich erleichtert an sein Sorgenkind. »Der Allmächtige hat mir soeben einen Schleier von den Augen genommen und mir zugeflüstert: Wer andere benachteiligt, den trifft Unheil. Tue also, was du für richtig hältst. Ich werde dir nicht im Wege stehen, sondern deine Gäste freudig willkommen heißen. Eine kleine Buße muß ich dir jedoch auferlegen!«

»Ich akzeptiere jede!« rief Yen-sun überschwenglich.

Tie-tie drohte mit dem Finger. »Sei vorsichtig! Meine Buße betrifft deinen Geldbeutel!«

Yen-sun blickte verwundert auf. »Willst du womöglich mein Kompagnon werden?«

Tie-tie hob abwehrend die Hände. »Dann müßte ich ja ein Risiko eingehen. Nein, mein Lieber, darauf bin ich nicht erpicht. Ich möchte vielmehr auf die von dir vorgeschlagenen Einnahmen aus dem Opferstock verzichten, da ich kleine Münzen schlecht nach Lhasa schicken kann. Verwendet das Geld also für Ausbesserungsarbeiten an der Pagode.«

»Damit bin ich einverstanden«, erwiderte Yensun belustigt.

»Und den dadurch für mich entstehenden Ausfall bitte ich durch Zahlung von dreißig Dollar pro Fahrt auszugleichen«, fuhr Tie-tie gelassen fort.

Yen-suns Gesicht wurde zur Maske. »Wir sollen dir...? Dreißig Dollar für jede Fahrt?«

»Das sind zehn Prozent von eurem Verdienst. Du siehst, daß ich gut aufgepaßt habe.«

Yen-sun schnappte nach Luft. »Ich glaube, du bist nicht gescheit. Wie kommen wir dazu...«

»...andere mitverdienen zu lassen, sagtest du vorhin.«

»Das war nicht auf dich bezogen! Ich weiß doch, daß du gelobt hast, niemals etwas dein eigen zu nennen.«

»Und du meinst, daß ich deshalb...«

»Ich meine überhaupt nichts!« unterbrach ihn Yen-sun. »Aber ich möchte wissen, wie sich dein Gelübde mit deiner Forderung vereinbaren läßt.«

Tie-tie lächelte hintergründig. »Ausgezeichnet. Denn das Geld soll nach Lhasa geschickt werden. Natürlich nicht jedesmal, sondern immer erst dann, wenn ein größerer Betrag beisammen ist. Bis dahin kann es bei euch liegenbleiben.«

»Das hört sich schon besser an«, erwiderte Yen-sun einlenkend. »Wir sind nämlich im Moment etwas knapp bei Kasse. Aber auf der von dir vorgeschlagenen Basis können wir uns einigen. Du mußt mir nur gelegentlich die genaue Anschrift des Empfängers geben.«

»Die wirst du noch heute erhalten«, antwortete Tie-tie freudestrahlend, doch im nächsten Moment wurde sein Gesicht aschgrau.

Yen-sun, der die Veränderung nicht bemerkte, klopfte ihm auf die Schulter. »Weißt du eigentlich, daß du ein verdammt guter Mensch bist?«

Tie-tie blickte zu Boden. »Im Grunde genommen sind alle Menschen gut. Einige unterliegen nur ihren Schwächen, und wenn es ihnen schlecht geht, dann kämpfen sie wie Helden, die ihre Waffen verloren haben. Und dann...«

»Hast du gehört?« unterbrach ihn Yen-sun. »Das war der Trochylus! Kommt schnell herauf!« rief er seinen Kameraden zu, die weiter unten auf der Steintreppe saßen. »Das weiße Krokodil muß in der Nähe sein.«

»Wo ist es?« schrien die Kinder von oben.

»Bleibt sitzen!« rief Tie-tie. »Ich komme und zeige es euch!«

Es dauerte nur wenige Minuten, bis der sehnlichste Wunsch der beiden Kleinen in Erfüllung ging. Ihre Herzen klopften, und ihre Augen strahlten, als das mächtige Raubtier langsam an das Ufer kroch, dort eine Zeitlang mit erhobenem Kopf witterte und sich schließlich schwerfällig auf den Bauch fallen ließ. Dann öffnete es seine riesige Schnauze und glotzte nach oben.

»Ich werde jetzt zu ihm hinuntergehen und ihm eine Geschichte erzählen, damit ihr es recht lange beobachten könnt«, sagte Tie-tie leise zu den Kindern. »Ihr dürft euch aber nicht bewegen, sonst schwimmt es davon.«

»Hast du nicht Angst, daß es dich beißt?« flüsterte das Mädchen.

Er schüttelte den Kopf. »Es kennt mich ja und tut mir nichts.«

»Und wann kommst du wieder?«

»Wenn es eingeschlafen ist.«

»Erzählst du uns dann auch eine Geschichte?«

»Ja! Aber nun müßt ihr schön still sein...«

Über eine Viertelstunde hielt Tie-tie sich in der Nähe des weißen Krokodils auf, und es war sicherlich gut, daß es seine Worte nicht verstand, da an diesem Tage nur wirre Sätze über seine Lippen kamen, zusammenhanglose Gedankenfetzen, die seine Zerrissenheit widerspiegelten und deutlich machten, daß er Yen-sun nur noch wenig Glauben schenkte. Er mißtraute ihm wie nie zuvor, und die Vorstellung, in mancherlei Hinsicht belogen worden zu sein, war ihm so schrecklich, daß er den Himmel anflehte, ihn mit Blindheit zu schlagen, wenn die Wahrheit unerträglich werden sollte.

Aber wie unklar im Augenblick auch alles war, es befreite den greisen Tie-tie, seine Gedanken und Befürchtungen wie Abfall über Bord werfen zu können.

Später, als er merklich erholt zur Pagode zurückkehrte, schloß er die Kinder so inbrünstig in die

Arme, daß es aussah, als wolle er sich für immer von ihnen verabschieden.

»Schläft das Krokodil jetzt?« fragte das Mädchen mit gedämpfter Stimme.

Tie-tie nickte.

»Und was hast du ihm erzählt?«

»Ich weiß es nicht«, antwortete er wahrheitsgemäß. »Aber ich habe eben darüber nachgedacht, was ich euch erzählen könnte, und es ist mir eine Geschichte eingefallen, die euch erfreuen und eurem Vater hoffentlich etwas sagen wird.«

Yen-sun blinzelte verstohlen zu seinen Kameraden hinüber.

»Zunächst muß ich jedoch noch einige Fragen an euch richten«, fuhr Tie-tie fort. »Wißt ihr eigentlich, was Schnee ist?«

»Wir haben schon welchen gesehen«, antwortete der Junge voller Stolz. »Auf dem Kedah Peak. Papa hat uns mit dem Auto hinaufgefahren.«

»Gab es dort oben vielleicht auch Eiszapfen?«

»Nur ganz kleine. Papa hat aber gesagt, daß es auch große gibt.«

»Ja, wenn es lange kalt ist, können Eiszapfen riesengroß werden«, bestätigte Tie-tie. »Und nun kommt meine letzte Frage: Hat euer Vater euch erklärt, wodurch Schnee entsteht?«

»Nein.«

»Dann will ich es euch sagen und meine Geschichte damit beginnen. Also, wenn die Sonne das Wasser der Flüsse, Seen und Meere erwärmt, dann verdunstet ein Teil und steigt in die Höhe wie der Dampf, der aus den Töpfen und Kesseln eurer Mutter entweicht. Hoch oben in der Luft nun, wo es viel kälter ist als am Boden, geschieht etwas Wunderbares: aus dem Wasserdampf, der in Form von Wolken am Himmel entlangzieht, werden mit der Zeit Tropfen, die als Regen auf die Erde herabfallen und dafür sorgen, daß unsere Felder, Wiesen und Wälder nicht verdorren. Im Winter jedoch, wenn es sehr kalt ist, verwandeln sich die frierenden Regentropfen in zarte Schneeflocken, die langsam herabschweben und alle Pflanzen einhüllen, um sie vor übergroßer Kälte zu schützen.«

»Woher wissen die Tropfen, daß sie Schneeflokken werden müssen?« fragte der Junge verwundert.

»Vom Allmächtigen, der sich um alles kümmert und immer dafür sorgt, daß es uns gut geht«, antwortete Tie-tie.

Der Junge rückte näher an ihn heran.

»Nun gab es aber einmal einen Wassertropfen, der mit seinem Schicksal haderte. Er war wohl schon an die tausendmal in der Sonne verdampft und als Dunst zum Himmel emporgestiegen, und ebenso oft war er in der Höhe zu einem Regentropfen geworden; nie jedoch war es ihm gelungen, eine Schneeflocke zu werden. Das grämte ihn in hohem

Maße und ganz besonders, weil er auch sonst wenig Glück hatte. So wünschte er sich seit langem, einmal in eine Stadt zu fallen, um das Leben der Menschen kennenzulernen. Er klatschte aber stets nur auf Dinge herab, die er zur Genüge kannte: auf Felsen, Bäume, Wiesen und Wege. Mehrfach fiel er sogar direkt in einen See hinein, was ihn richtig wütend machte. Und als solches wieder einmal geschah, da flehte er in seiner Verzweiflung den Himmel an, ihn wenigstens ein einziges Mal in eine Schneeflocke zu verwandeln.

Der Allmächtige erhörte seine Bitte, und so kam es, daß unser Wassertropfen bald darauf aufs neue verdunstete und in eine Wolke geriet, die in ein weit entferntes, bitterkaltes Land zog. Und hier ging sein sehnlichster Wunsch in Erfüllung. Er verspürte plötzlich einen Druck, der ihn zum Regentropfen machte, dann fiel er aus der Wolke heraus, erstarrte dabei in der ihn umgebenden Kälte, wurde leichter und leichter und war mit einem Male ein duftiges, herrlich weißes Gebilde, das schwerelos dahinschwebte.

Eine Schneeflocke war geboren, und sie beeilte sich, ihr neues Dasein zu genießen, das sich stark von dem eines einfachen Regentropfens unterschied. Sie mußte nicht auf schnellstem Wege zur Erde hinunterrasen; sie war ja leicht wie eine Feder und ließ sich von der Luft wie auf Händen tragen.

Dabei legte sie sich zeitweilig sogar auf den Rücken, ohne darauf zu achten, wohin sie fiel. Wozu auch? Sehen konnte sie ohnehin nichts, da die sie umgebenden Schwestern ihr jede Sicht raubten. Das war zweifellos ein Nachteil, doch es war der einzige. Zumindest vorerst.

Mit der Zeit aber verlor das sanfte Dahingleiten seinen Reiz, und unsere Schneeflocke begann sich zu langweilen. Nun ja, was hat man vom schönsten Lebensgefühl, wenn man es nicht wahrnehmen kann. Und wenn sich alle auf den Rücken legen können, dann ist das nichts Besonderes und man möchte lieber sitzen oder stehen. Darüber hinaus beunruhigte es unsere makellos saubere Schneeflocke, daß das Licht des Tages von Minute zu Minute schwächer wurde. Einem Regentropfen kann es gleichgültig sein, wohin er fällt; er ist naß und säubert sich gewissermaßen selbst. Bei einer Schneeflocke ist das aber etwas anderes. Sie bringt dieses Kunststück nicht zuwege und muß deshalb sehr darauf achten, daß sie nicht schmutzig wird.

Die Nacht brach herein, und aus der Unruhe der Schneeflocke wurden Angst und Entsetzen. Ein Gefühl der Verlassenheit beschlich sie, bis sie mit einem Male einen unter ihr liegenden hellen Schimmer entdeckte, der sich bald darauf vergrößerte und als der Widerschein einer Stadt erwies, die von ungezählten Lichtern erhellt wurde.

Unsere Schneeflocke war außer sich vor Freude. Auch ihr zweiter Wunsch ging in Erfüllung, und einen prächtigeren Empfang konnte es für sie nicht geben. Tausende von Lampen lagen unter ihr. Ihr traumhaft schönes Kristallkleid glitzerte stärker als der kostbarste Brillant.

›Ach, wenn ich doch immer hier schweben könnte‹, dachte sie begeistert.

Das aber war nicht möglich. Sie sank weiter und weiter, hatte jedoch das Glück, nicht sogleich auf die Erde zu fallen. Sie glitt vielmehr an der Wand eines ungewöhnlich hohen Hauses entlang, über dem in leuchtenden Buchstaben das Wort ›Hotel‹ prangte. Und das Haus strahlte eine solche Wärme aus, daß die Luft in seiner Nähe zeitweilig nach oben stieg.

Für die Schneeflocke war es natürlich ein mächtiger Spaß, in diesen Luftstrom zu geraten, der sie immer wieder in die Höhe wirbelte und es verhinderte, daß sie auf die Straße fiel. Dabei konnte sie die interessantesten Beobachtungen machen. So entdeckte sie hinter einem Fenster der vierten Etage einen Mann und eine Frau, die sich offensichtlich sehr liebten. Sie tauschten jedenfalls Zärtlichkeiten aus, und der Ausdruck ihrer Gesichter ließ erkennen, daß sie glücklich und zufrieden waren.

Gleich unter ihnen aber wohnte ein Paar, das sich mächtig zankte. Er beschimpfte sie, und sie beschimpfte ihn. Und das alles nur, weil einer von ihnen – wer, das konnte die Schneeflocke nicht feststellen – offensichtlich durch Unachtsamkeit eine Vase hatte fallen lassen, deren Scherben am Boden lagen. Ja, das war nun passiert, und der eine war nicht großzügig genug, um über entzweigegangenes Porzellan hinwegsehen zu können, und der andere hatte kein Verständnis dafür, daß man sich im ersten Moment auch einmal aufregen kann. So stritten sich beide, ohne zu bedenken, daß eine zerstörte Vase zu ersetzen ist, eine häßliche Stunde aber nie wieder fortgeschafft werden kann.

Unsere Schneeflocke war daher recht froh, als der warme Luftstrom sie noch einmal erfaßte und vor das Fenster des glücklichen Paares trug, das gerade eng umschlungen nach draußen schaute und sich am herrlichen Bild der verschneiten Stadt erfreute.

Aber dann wurde die Schneeflocke von einem Wirbel erfaßt und zur Seite getragen, so daß sie in ein Nebenzimmer schauen konnte, in dem ein Kellner, der einen Tisch deckte, einem Lehrjungen eine schallende Ohrfeige gab, weil dieser heimlich etwas von einer Platte stibitzt hatte, die später serviert werden sollte. Zugegeben, der Kellner mußte den Buben zurechtweisen, der wirkliche Schuldige aber war der Hotelbesitzer, der seinen Angestellten nicht genügend zu essen gab.

Doch zurück zu unserer Schneeflocke, die nach

diesem aufregenden Erlebnis unversehens viel schneller als zuvor nach unten sank. Und dann geschah etwas, womit sie nicht gerechnet hatte: sie landete auf dem Sims eines Fensters, das weit geöffnet war, und noch bevor sie erkannte, welche Gefahr ihr drohte, strömte die aus dem überheizten Zimmer entweichende Luft über sie hinweg. Da half alles Weinen und Klagen nichts; die Wärme ließ das herrliche Kristallkleid zusammenschmelzen und machte aus der Schneeflocke wieder das, was sie einstmals gewesen war: einen Regentropfen!

Ein Tropfen aber ist kugelrund und kann auf einem schrägen Fenstersims nicht liegenbleiben. Er setzte sich also in Bewegung und dachte: ›Wozu sich grämen? Ich war jetzt wenigstens einmal eine Schneeflocke und habe das Glück gehabt, in eine von vielen Menschen bewohnte Stadt zu gelangen.‹

In diesem Augenblick erreichte er den Rand des Fenstersimses, und es blieb ihm keine andere Wahl, als über ihn hinwegzurutschen und sich fallen zu lassen. Aber das kannte er ja zur Genüge. Er ließ sich also los, sauste in die Tiefe und klatschte auf ein kleines Dach, das den Hoteleingang schützte.

›Besser hätte ich es nicht treffen können‹, dachte der Tropfen zufrieden. ›Hier kommen bestimmt viele Menschen vorbei.‹

Das Dach war jedoch so kalt, daß er schnell erstarrte, und nur mit äußerster Anstrengung gelang es ihm, einen überstehenden Metallbügel zu erreichen, von dem er nach unten springen wollte. Aber dann konnte er sich mit einem Male nicht mehr bewegen: er war zu Eis gefroren und saß fest wie eine Fliege an der Leimrute.

›Nun gut‹, sagte er sich, ›dann werde ich die Menschen eben von hier oben beobachten.‹

Er hatte nicht damit gerechnet, daß ihm etliche Regentropfen folgten, denen es gleich ihm ergangen war. Und sie alle erstarrten an derselben Stelle, so daß sich in kurzer Zeit ein Eiszapfen bildete, in dessen Innerem er nun saß, ohne etwas sehen zu können.

Verständlich, daß er mächtig schimpfte. Er hatte sich alles so schön vorgestellt und war plötzlich dazu verdammt, als Gefangener unter Gefangenen an einem Dach zu hängen. Doch das war erst der Anfang eines Leidensweges, der ihm erspart geblieben wäre, wenn er nicht den Wunsch gehabt hätte, mehr als ein einfacher Regentropfen zu sein. Denn der Eiszapfen, in dem er saß, wurde eines Morgens von einem Hausmeister abgeschlagen und fiel auf die Straße, wo ihn ein Passant ärgerlich zur Seite stieß. Dann wurde er von einem Jungen aufgehoben und so heftig auf die Straße geschmettert, daß er in tausend Stücke zerbarst. Und kaum hatte unser zu Eis gewordener Regentropfen sich von seinem Schreck erholt, da rasten Autos über ihn hinweg, die ihn mit

Schmutz und Öl bespritzten. Aber das war noch nicht alles: Räder zerquetschten ihn, dann wurde er hochgewirbelt und gegen einen Bordstein geschleudert, wo er benommen liegenblieb, bis harte Kehrbesen ihn rücksichtslos erfaßten und in ein Aufnahmeloch der städtischen Kanalisation stießen. Und das war das Schlimmste, was ihm geschehen konnte! Er schwamm nun in einer widerwärtigen Brühe von Abwässern, deren Geruch so ekelerregend war, daß er glaubte, auf der Stelle vergehen zu müssen.

Seine Irrfahrt aber war noch nicht zu Ende. Tagelang floß er durch unterirdische dunkle Rohre inmitten des Morastes einer ganzen Stadt, bis er in ein Klärbecken geriet, aus dem er sich erst nach endlosen Kämpfen befreien und in einen Fluß retten konnte, dessen Wasser von Algen gereinigt und von der Sonne erwärmt wurde.

›Das soll mir eine Lehre sein‹, sagte er sich, und von Stund an ist er glücklich, wenn es ihm vergönnt ist, als einfacher Regentropfen auf ein Feld oder in einen Wald zu fallen.«

»Und warum hat der Allmächtige ihm nicht gleich gesagt, was aus ihm wird, wenn er als Schneeflocke in eine Stadt fällt?« fragte Yen-suns Sohn mit fiebernden Wangen.

»Weil dann eine ewige Sehnsucht und Unzufriedenheit in ihm geblieben wäre«, antwortete Tie-tie und blickte zu Yen-sun hinüber. »Ermahnungen haben leider nicht immer die Wirkung von Erfahrungen. Nur wer sich einmal verbrannt hat, greift nicht mehr ins Feuer.«

VI

Die hoch über der Steintreppe gelegene Sandelholz-Pagode war für Tie-tie nicht nur ein Tempel der Einsamkeit. Er sah in ihr die Versinnbildlichung der kosmischen Weltachse, mit der die Götter den Äther quirlen, um den Trunk der Unsterblichkeit zu bereiten. Und eben weil er in der Pagode und dem zu ihr führenden Stufenberg einen sinnvollen Ausdruck der religiösen Mystik seiner Heimat erblickte, bewegte ihn Yen-suns Plan, das inmitten des Dschungels gelegene Bauwerk einem Kreis aufgeschlossener Menschen zugänglich zu machen, in so hohem Maße, daß er den Entschluß faßte, das ganze Gelände einer gründlichen Säuberung zu unterziehen. Vor allem den Aufgang wünschte er weitgehend von Unkraut zu befreien, um den zu erwartenden Ausflüglern einen bequemen Aufstieg zu sichern. Und im Tempel mußten die Statuen entstaubt und der Boden gescheuert werden. Bis zum Eintreffen der ersten Gäste aber standen ihm nur drei Tage zur Verfügung, eine viel zu knappe Zeit.

Denn neben den Hauptarbeiten waren noch etliche Dinge zu erledigen. So erschien es ihm unmöglich, die Hennen unmittelbar vor der Pagode zu belassen. Er rodete ihnen also an einer etwas abgelegenen Stelle einen neuen Auslauf frei, der den Hühnern auch sehr behagte, mußte am Abend jedoch die schmerzliche Feststellung machen, daß die Henne ›Tang‹ von einem Raubtier überfallen und fortgeschleppt worden war.

Sein ganzes Tun erschien ihm plötzlich sinnlos, und er fragte sich verzweifelt, ob es sich wirklich lohne, einigen Ausländern die Schönheit und Erhabenheit der Sandelholz-Pagode zu zeigen.

Doch dann sagte er sich: Wenn die Abgeschiedenheit dieses Tempels, dessen Dächer förmlich in den Himmel hineinwachsen, nur einen einzigen Besucher erkennen läßt, daß die Kraft des Glaubens ebensowenig geschmälert werden kann wie die der Erde, dann will ich zufrieden sein und nichts beklagen.

Tie-tie fand Trost in dieser Hoffnung. Sein Gleichgewicht war wiederhergestellt und ließ ihn weiterhin tun, was er für notwendig erachtete. Er konnte nun sogar ohne Bitterkeit an Yen-sun denken, dessen egoistisches Streben ihn zwar nach wie vor bedrückte, ihm aber nicht ganz unverständlich war. Yen-sun lebte in einer anderen, vielleicht sogar wirklicheren Welt, und der greise Tie-tie war tolerant genug, sich dieses einzugestehen.

Eines bereitete ihm allerdings ernstliche Sorge: daß Yen-sun ein übles Spiel mit ihm treiben und seine Gutmütigkeit ausnützen könnte. Er wußte nicht, warum sich ihm diese Vorstellung immer wieder aufdrängte; ihre Wurzel mochte in Yen-suns Erklärungen liegen, die ihm zu gewollt und unnötig erschienen waren.

Sein Mißtrauen vermochte ihn aber ebensowenig von seinen Vorbereitungsarbeiten abzuhalten, wie der Tod der Henne ›Tang‹, für den er sich verantwortlich fühlte. Er redete sich ein, daß das Unglück nicht geschehen wäre, wenn er den Hühnern keinen anderen Platz zugewiesen hätte.

Solche Überlegungen halfen ihm natürlich nicht. ›Tang‹ war das Opfer eines Raubtieres geworden, und Tie-tie nahm sich vor, ›Ting‹ durch Rückgabe an Yen-sun vor einem ähnlichen Schicksal zu bewahren.

Also rodete, säuberte, reinigte und putzte er drei volle Tage hindurch, ohne jemals zu erlahmen, und als er am Vorabend des ersten Gästebesuches einen letzten Kontrollgang durchführte, war er mit sich selbst zufrieden und überzeugt, einigen schönen und erhebenden Stunden entgegenzugehen. Die Arbeit hatte ihn aber so geschwächt, daß er an diesem Abend erstmals einschlief, ohne sein übliches Gebet verrichtet zu haben.

Die Natur verlangte ihr Recht und ließ ihn in einen abgrundtiefen Schlaf sinken, aus dem er erst erwachte, als die Sonne schon hoch am Himmel stand.

»Om mani padme hum!« stammelte er verwirrt, als er angesichts des hellen Tageslichtes erschrokken von seinem Lager auffuhr und schnell nach draußen blickte, um festzustellen, ob die angekündigten Ausflügler bereits eingetroffen seien. Er hatte Glück. Weit und breit war niemand zu sehen. Er konnte sich somit in Ruhe ankleiden, was er denn auch mit einer Sorgfalt tat, die ihm sonst nicht zu eigen war. Er fuhr sich sogar etliche Male durch das Haar und scheute sich nicht, das Fenster seiner Kammer als Spiegel zu benutzen. Anschließend führte er ›Ting‹ ins Freie, und nachdem er die Pagode umwandert und allen Menschen und Tieren einen angenehmen Tag gewünscht hatte, stieg er die Steintreppe wie ein Hausherr hinab, der sich bis zum Eintreffen seiner Gäste noch ein wenig ergehen will. Dabei atmete er die frische Luft mit vollen Zügen ein und dankte dem Allmächtigen für die hohe Gnade, die Schönheit der Erde erleben und genießen zu dürfen. In allem, was er sah, erblickte er eine Offenbarung des Himmels. Für ihn war jeder Mensch und jedes Tier, jeder Baum und Strauch, jedes Blatt und jeder Tautropfen ein in sich abgeschlossenes Wunder, und wenn er, wie an diesem Morgen, die

Natur in ihrer Vollkommenheit auf sich einwirken ließ, dann glaubte er, von unsichtbaren Händen in eine Welt getragen zu werden, die keine Sorgen kennt und dem *Nirwana* nahekommt, dem Reich der vom Erdenleid Erlösten.

Aus diesem Glückszustand wurde Tie-tie vom schrillen Ton einer Schiffssirene herausgerissen. Entgeistert blickte er über das Wasser. Doch kaum hatte er den Bug des erwarteten Motorbootes entdeckt, das in langsamer Fahrt aus dem Klong in den See einlief, da erschrak er ein zweites Mal. Jäh einsetzende Fanfaren erfüllten die Luft. Und in ihren Lärm hinein erschallten dann auch noch die begeisterten Hochrufe von über sechzig Menschen. Der turbulente Auftakt gefiel ihnen offensichtlich so gut, daß sie der Reiseleitung stürmischen Applaus spendeten.

Tie-tie war entsetzt. Er starrte dem in mäßiger Fahrt auf ihn zukommenden Boot verständnislos entgegen.

Wie kann man angesichts dieses ruhigen Sees nur einen solchen Spektakel veranstalten, fragte er sich. Sollte es in den Städten schon so laut geworden sein, daß ihre Bewohner in der Einsamkeit von einer Art Angst befallen werden, die sie fortzuschreien versuchen?

Ein Zittern überfiel ihn. Dann erfaßte ihn Mitleid. Bedrückt schaute er auf das sich ihm nähernde

Schiff, das zwei kleine Ruderboote hinter sich herzog und bald darauf an der Steintreppe anlegte.

»Da ist er!« riefen einige Fahrgäste und zeigten auf Tie-tie, über den sie ungeniert lachten.

»Oh, what a poor man!«

»Mon Dieu, sieht der komisch aus!«

»Und der soll den Mut haben, sich auf den Rücken eines Krokodils zu setzen?«

»Es wird ein ausgestopftes gewesen sein!«

Yen-sun sprang über die Reling und begrüßte Tie-tie mit strahlendem Gesicht. »Na, was sagst du? Fünfundsechzig Passagiere haben wir an Bord!«

Zwei Matrosen schoben Planken an Land.

»Ladies and gentlemen!« rief Yen-sun an die Gäste gewandt. »Gedulden Sie sich noch einen Augenblick! Wir sind gleich soweit, daß Sie aussteigen können. Die Führung übernimmt Mister Amahd. Postkarten und Andenken erhalten Sie bei mir. Wer über den See rudern möchte, kann eines der von uns mitgebrachten Boote erhalten. Unsere Rückfahrt findet pünktlich um ein Uhr statt. Sie haben also vier Stunden Zeit und brauchen sich nicht zu beeilen!«

»Und wann kommt das weiße Krokodil?« rief einer der Passagiere.

»Gegen elf. Es flüchtet aber sofort, wenn sich zu diesem Zeitpunkt nicht alle Passagiere an der Pagode aufhalten.«

Tie-tie, der von alledem kein Wort verstand, warf Yen-sun einen hilflosen Blick zu.

Der schob ihn zur Seite. »Geh nach oben. Du stehst uns hier im Weg.«

Dem greisen Tie-tie war es, als habe er eine Ohrfeige erhalten. Er war der Meinung gewesen, daß er die Gäste willkommen heißen und zur Pagode führen solle. Und nun wurde ihm bedeutet, daß er im Wege stehe?

Der erste Passagier kam an Land und ging mit ausgestreckter Hand auf ihn zu.

Tie-tie ergriff sie voller Dankbarkeit und dachte versöhnt: Yen-sun weiß nicht, was sich gehört. Ich bleibe hier und werde jeden einzelnen begrüßen.

Der nächste klopfte ihm grinsend auf die Schulter. »Hör zu, old fellow! Mir ist bekannt, daß es Dinge gibt, die man nicht für möglich hält. Aber wenn du dich auf den Rücken eines Krokodils setzt, dann fresse ich meine Schwiegermutter, obwohl die verdammt zäh sein dürfte!«

»Was sagte er?« fragte Tie-tie an Yen-sun gewandt.

Der lachte und schloß seine Verkaufstruhen auf. »Er findet dich nett und bittet um ein Gebet für seine verstorbene Tochter.«

»Sage ihm, daß ich seinen Wunsch erfüllen werde.«

Eine junge Dame hakte sich bei Tie-tie ein und

forderte ihren Begleiter auf, sie in dieser Pose zu fotografieren.

Tie-tie lächelte verlegen.

Die nachfolgenden Menschen johlten vor Vergnügen, und im Nu war er von weiteren Passagieren umringt, die sich alle mit ihm fotografieren lassen wollten. Aber nicht einfach neben ihm stehend. Sie umarmten ihn, streichelten seine Wangen, faßten an seinen Bart und wurden schließlich so ausgelassen, daß eine wie ein Zirkuspferd aufgedonnerte Alte sich nicht scheute, ihn an sich zu reißen und zu küssen.

Tie-tie, der in seiner Gutmütigkeit alles mit sich hatte geschehen lassen, war außer sich vor Entsetzen. War er in ein Tollhaus geraten? Was waren das für Menschen? Woher nahmen sie den Mut, ihn wie einen Schwachsinnigen zu behandeln?

»Yen-sun!« rief er verstört. »Sage ihnen, daß sie mich in Ruhe lassen sollen.«

Der junge Chinese kam ihm sogleich zu Hilfe. Der um Tie-tie entstandene Wirbel, der die Passagiere von der Betrachtung seiner Auslagen abhielt, mißfiel ihm ohnehin. »Ladies und gentlemen!« wandte er sich an die Ausflügler und schob Tie-tie an seine Verkaufstruhen heran. »Mein alter Freund hat einen kleinen Schwächeanfall und bittet darum, ihn vorerst nicht mehr zu fotografieren. Bilder, die ihn mit seinen Tieren zeigen, können Sie bei mir erhalten.

Ebenfalls die im Prospekt erwähnten Pagodensteine, die rheumatische Schmerzen aller Art binnen weniger Tage beseitigen.«

»Kann ich die mal sehen?« rief eine ältere Dame.

»Aber natürlich!« erwiderte Yen-sun und wies auf ein Fach, das mit mosaikartigen Steinchen gefüllt war, die er auf Anraten des Malaien aus den seinerzeit heimlich mitgenommenen Majolika-Dachziegeln hatte schneiden lassen.

»Und die sollen rheumatische Schmerzen beseitigen?«

»Ja«, antwortete er lebhaft. »Fragen Sie mich aber nicht, wieso und warum. Man vermutet, daß sie Spuren von Radium enthalten.«

»Und was kosten die Steine?«

»Sie sind nicht billig, da es nur wenige gibt: zehn Singapore-Dollar das Stück.«

»Dann geben Sie mir zwei. Ich habe nämlich eine Freundin, die unter Rheuma leidet.«

»Ich möchte ein Boot mieten«, mischte sich ein Herr in das Gespräch.

Yen-sun reichte ihm einen Zettel. »Der Matrose an Bord wird Ihnen die Ruder geben.«

»Was kostet der Spaß?«

»Drei Dollar die halbe Stunde.«

»Well, dann will ich mir mal einige von den herrlichen Seerosen holen.«

»Kennen Sie zufällig deren Namen?« erkundigte

sich die Käuferin der ›schmerzlindernden‹ Steine.

Der Herr nickte. »*Victoria Regia.* Daheim bekommt man sie nur in botanischen Gärten zu sehen.«

»Dann möchte ich ebenfalls ein Boot mieten.«

»Okay, Madam!«

Weitere Gäste drängten an die Verkaufstruhen heran und verlangten Fotos von der Pagode, den Affen und dem weißen Krokodil.

Yen-sun bediente nach allen Seiten und legte Bilder vor, von denen er genau wußte, daß sie den neben ihm stehenden Tie-tie aufbringen mußten. Denn aus der großen Anzahl der vor Monaten gemachten Aufnahmen hatten er und sein Kompagnon nur solche ausgewählt, die komisch wirkten und zum Lachen reizten. Darüber hinaus war es dem rundlichen Malaien gelungen, den Wahrheitsgehalt einiger Darstellungen durch Übereinanderkopieren verschiedener Fotografien in unglaublicher Weise zu verfälschen. Unter ihnen befand sich ein Bild, das Tie-tie auf dem Rücken des weißen Krokodils zeigte. Der Text darunter lautete: *Der Clown unter den Dompteuren kennt keine Furcht. Er lebt zurückgezogen inmitten des Dschungels, wo er alle nur greifbaren Tiere wie Kinder behandelt und erzieht; sogar das sagenhafte weiße Krokodil, das nachweislich schon viele Menschen getötet hat.*

Tie-tie wurde kreidebleich, als er das gefälschte

Foto erblickte. Als er dann noch die anderen, ihn in jeder Weise entstellenden Bilder entdeckte, wurde ihm klar, warum ihn niemand ernst nahm und alle über ihn lachten. Man hatte einen skurrilen Tierbändiger und Narren aus ihm gemacht. Man verschwieg, daß er ein tibetischer Mönch war, und deklarierte seine gelbe Kutte als das absonderliche Gewand eines seltsamen Einzelgängers. Man belog die Menschen mit frecher Stirn, um eine abgelegene Pagode attraktiv zu machen. Und er konnte nichts dagegen unternehmen, da es außer Yen-sun niemanden gab, der seine Sprache verstand. Sekundenlang war er nahe daran, seinen Schmerz hinauszuschreien, um den Besuchern durch seine Empörung zu zeigen, daß alles Lug und Trug sei. Doch dann unterließ er es, weil er befürchtete, damit nur Öl auf das Feuer zu gießen, das Yen-sun und dessen berechnender Freund entfacht hatten.

Tränen traten ihm in die Augen. Er schämte sich ihrer nicht, als er sich in die Kette der zur Pagode emporsteigenden Ausflügler einreihte. Er wollte sich in seine Kammer zurückziehen, wollte allein sein, allein mit sich und dem Allmächtigen, der ihm diese Prüfung gewiß nicht grundlos schickte. Er war in die Einsamkeit gegangen, um sich zu bewähren und nicht, um schon im Diesseits ein paradiesisches Leben zu führen. Je länger er über alles nachdachte, um so sicherer wurde er, daß für ihn die Stunde der

Bewährung gekommen war.

Diese Vorstellung gab ihm neue Kraft. Er lächelte still vor sich hin, als er, mit der Henne ›Ting‹ unter dem Arm, durch das Spalier der über ihn kichernden Menschen in den Tempel eintrat und seinen Schlafraum aufsuchte, den er an diesem Tage hinter sich verriegelte.

Indessen bahnte sich vor und in der Pagode ein Treiben an, das an einen Rummelplatz erinnerte. Mit staunenswerter Unvernunft drängten fast alle Passagiere gleichzeitig in den Tempel hinein, in dem der rundliche Malaie einen schauderhaften Vortrag über die buddhistische Lehre hielt. Die meisten verstanden und beachteten ihn nicht. Man unterhielt sich in Gruppen und stellte eigene Betrachtungen an, machte Blitzlichtaufnahmen und entzündete Räucherstäbchen, die der geschäftstüchtige Yen-sun von zwei Matrosen verkaufen ließ. Im übrigen fand man es ausgesprochen lustig, die Fußsohlen des im *Nirwana-Zustand* dargestellten Buddhas zu kitzeln. Der Spaß steigerte sich noch, als ein junger Mann einer Statue seine Sportmütze aufsetzte und sich so mit ihr fotografieren ließ. Sein Beispiel machte Schule; man war ja unter sich. Warum sollte man nicht einmal ausgelassen sein?

Das würdelose Gebaren wurde schließlich sogar dem mohammedanischen Malaien zuviel. »Aber, meine Herrschaften!« rief er vorwurfsvoll. »Bedenken Sie, bitte, daß Sie sich in einem buddhistischen Tempel befinden!«

Man schwieg betreten und war verstimmt.

»Gehen wir nach draußen!« raunte einer der Gäste.

Man folgte ihm, als sei er ein Leithammel.

»Und was machen wir nun?« fragte eine Dame, als man vor der Pagode stand.

Einer der Herren lachte. »Amüsieren wir uns mit den Affen!«

Seine Idee fand begeisterte Zustimmung.

»Aber wo sind die Biester?«

»Parbleu!« rief ein Franzose. »Sollten die nur auf dem Prospekt existieren?«

»He, where are the monkeys?« fuhr ein australischer Farmer den Malaien an.

»Hinter der Pagode!« antwortete Yen-suns Kompagnon. »Am Tage schlafen sie aber!«

»Die werden wir schon wach kriegen!« krächzte der Australier und setzte sich in Bewegung. »Ich habe daheim eine Farm und weiß mit Viehzeug und Weibern umzugehen!«

Seine Worte waren so recht dazu angetan, die gesunkene Stimmung zu heben und weitere Albernheiten auf den Plan zu rufen. Zum Teufel, ja, man befand sich auf der Reise und wollte sich vergnügen! Feste müssen gefeiert werden, wie sie fallen! Also ran an die Affen! Wer so blöd ist, über Tag zu schlafen, muß damit rechnen, gestört zu werden.

Der greise Tie-tie würde am Verstand der Menschheit gezweifelt haben, wenn er gesehen hätte, mit welcher Vehemenz die Ausflügler losrannten. Als seien sie von einem Bazillus befallen, rasten sie johlend hinter die Pagode, wo die geruhsam in den Bäumen schlafenden Makaken erschrokken hochfuhren und verständlicherweise sogleich ein infernalisches Geschrei anstimmten.

Derartiges hatte man noch nicht erlebt. Das wilde Gebaren der Tiere wurde als so herrlich aufregend empfunden, daß man alles Erdenkliche tat, um den Aufruhr zu verstärken. Man kreischte, klatschte in die Hände, drohte mit Sonnenschirmen, schoß Blitzlichter ab und warf zu guter Letzt sogar mit Steinen, was die Erregung der Makaken in grandioser Weise steigerte.

Die Affen, die einstmals Tie-tie aus Angst bombardiert hatten, wurden nun zum Spaß von Menschen beworfen, und es erwies sich, daß die Dschungelbewohner inzwischen vieles dazugelernt hatten. Sie gingen nicht zum Gegenangriff über, sondern flüchteten in zurückliegende Bäume, in denen sie zwar ohrenbetäubend lärmten, sich aber ähnlich abwartend verhielten, wie Tie-tie es in den ersten Tagen getan hatte. Damit war aus dem einstigen Affentheater ein Drama geworden, in dem der Mensch eine unrühmliche Rolle spielte.

Aber wer erfaßt in Augenblicken der Massenhysterie die eigene Situation? Unter den Besuchern der Sandelholz-Pagode waren nur wenige, die sich abwandten. Die meisten fanden es großartig, etwas zu erleben, über das man noch lange sprechen konnte.

»Denen haben wir es gegeben!« strahlte der Australier, als die Affen sich so weit zurückgezogen hatten, daß sich der Aufenthalt hinter der Pagode nicht mehr lohnte. »Und das Schönste daran ist, daß ich einen Mordshunger dabei bekommen habe. By Jove, mein Magen knurrt, daß man es hören kann, und ich will verdammt sein, wenn ich mir nicht sofort meinen Verpflegungsbeutel hole!«

»That's a good idea!« piepste eine Alte, und Sekunden später eilten an die fünfzig Ausflügler die Treppe zum See hinab.

Sehr zur Freude von Yen-sun, der seine Verkaufsartikel inzwischen auf einigen Stufen ausgebreitet hatte. Und es schien nichts zu geben, was nicht gekauft wurde: Horoskope, Windglöckchen, künstliche Blumen, Weihrauch, Buddhas in allen Größen, Fotos, Postkarten, Legendenbilder, Fahnen und zierliche Papierschirmchen, die als Symbole des Himmels angepriesen wurden, in Wirklichkeit jedoch zur Dekoration von Eisbechern hergestellt worden waren. Aber wer achtet schon auf solches? Man befand sich auf dem ehrwürdigen Boden der einzigen, inmitten des Dschungels gelegenen Pagode, und man kaufte alles, was den Beweis dafür erbrachte, daß man an diesem seltsamen Platz gewesen war.

Schwierigkeiten bereitete allerdings der Bootsverleih. Die beiden vorhandenen Nachen reichten bei weitem nicht aus, um alle Gäste in die glückliche Lage zu versetzen, sich einige der herrlichen Wasserrosen zu besorgen. Darüber entstand eine erregte Debatte, die Yen-sun zu seinen Gunsten beendete. Er schickte zwei Matrosen auf den See hinaus und offerierte die begehrte *Victoria Regia* bald darauf zum Preise von drei Singapore-Dollar das Stück, eine Summe, die anstandslos gezahlt wurde, da man wußte, daß der Mietpreis eines Bootes der gleiche gewesen wäre. Und man hatte den Vorteil, bei der Hitze nicht rudern zu müssen.

Auf der Steintreppe war es freilich ebenfalls sehr heiß, aber man mußte sich ja irgendwo hinsetzen, wenn man den Reiseproviant, den die fürsorglichen Köche der Schiffahrtsgesellschaft für den Ausflug bereitgestellt hatten, in Ruhe verzehren wollte. Außerdem war es wunderbar, im Freien sitzend in eine Hühnerbrust zu beißen und an Knochen herumzunagen, die man am Schluß in hohem Bogen hinter sich werfen konnte. Dazu trank man Bier oder Juice aus Dosen, die man – ach, es war himmlisch – wie ein Arbeiter an den Mund setzte. Und zum Abschluß aß man erlesene Früchte ganz ohne Messer und Gabel.

Daß man sich während dieses großartigen Picknicks laufend gegenseitig fotografierte, war selbstverständlich. Keiner aber ›schoß‹ so viele Bilder wie der rundliche Malaie, der im Geiste bereits einen neuen Prospekt entwarf, welcher an hervorragender Stelle ein Foto der dichtbevölkerten Steintreppe zeigen sollte.

Yen-sun prüfte indessen seinen Kassenbestand, der so angeschwollen war, daß er glaubte, es ehrlichen Herzens verantworten zu können, vorab zweihundert Dollar in die eigene Tasche zu stecken. Es war ja schließlich seine Idee gewesen, Ausflüge zur Sandelholz-Pagode zu organisieren. Warum sollte er also grundsätzlich alles mit seinem Kompagnon teilen? Unabhängig davon kamen ihm zweihundert Extradollar im Moment wie gerufen, da er vor wenigen Tagen die Tochter eines außerordentlich reichen Chinesen kennengelernt hatte, der er ein hübsches Geschenk machen wollte. Er beabsichtigte zwar nicht, sich von Sim zu trennen, aber wenn er mit einem Schlage vermögend werden konnte, mußte eben jeder sein Scherflein dazu beitragen. Das galt für Sim wie für Han, die ihm in letzter Zeit ohnehin auf die Nerven fiel, da sie dauernd unzufrieden war und sich immer wieder etwas Neues wünschte.

»Zufrieden?« unterbrach der Malaie seine Gedanken.

Yen-sun nickte und rieb sich die Hände. »Die Leute kaufen wahrhaftig jeden Mist.«

»Was machen wir jetzt bloß mit Tie-tie und dem weißen Krokodil?«

»Das flüchtet sowieso. Damit haben wir aber ja gerechnet, und unsere Tageskasse beweist, daß wir auch ohne Tie-tie auskommen. Von mir aus soll er sich einsperren, soviel er will.«

»Mach jetzt keinen Fehler!« warnte ihn der Malaie. »Wenn Tie-tie sich überhaupt nicht zeigt, werden uns die Gäste den Prospekt unter die Nase halten und krakeelen: Where is the old man? Das Risiko können wir nicht eingehen. Sag ihm also, daß er sich zumindest bei jeder Ankunft hier unten aufhalten muß. War doch toll, wie die Leute in Stimmung kamen.«

»Zugegeben«, erwiderte Yen-sun. »Ich befürchte nur, daß er es nicht machen wird. Die Fotos haben ihn in Rage gebracht.«

»Rage hin, Rage her: Tie-tie hat zu erscheinen! Er ist unser ›Aufhänger‹. Du mußt ihm erklären, warum wir gezwungen sind, mit Tricks zu arbeiten. Sag ihm einfach, daß wir bereit sind, seinen Anteil von dreißig auf fünfzig Dollar zu erhöhen.«

»Die wir niemals abschicken werden!« lachte Yen-sun.

Der Malaie grinste. »Das ist unsere Sache und geht ihn nichts an.«

»Okay, ich werde mit ihm reden. Aber jetzt wird es Zeit, die Gäste nach oben zu treiben, damit sie das Krokodil wenigstens kommen sehen. Wenn es dann nicht an Land geht, waren sie eben zu laut.«

»Und wir haben dann die Möglichkeit, eine Stunde eher abzuhauen!«

Yen-sun und der Malaie hatten richtig vermutet. Als die Kiellinie des weißen Krokodils sichtbar wurde, stießen die erwartungsvoll vor der Pagode harrenden Ausflügler so viele »Ahs« und »Ohs« aus, daß es kehrtmachte, noch bevor es das Ufer erreicht hatte. Glücklicherweise schlug es dabei kräftig mit dem Schwanz, so daß das Wasser hoch aufspritzte, und die Hoffnung, gerade diese Szene mit der Kamera festgehalten zu haben, tröstete über die Enttäuschung hinweg, das sagenumwobene Krokodil nicht eine Weile beobachten zu können. Da es zudem erdrückend heiß geworden war und man schon wesentlich größere Pagoden gesehen hatte, begrüßte man den Vorschlag der ›Reiseleitung‹, zeitiger als beabsichtigt aufzubrechen und gemächlich nach Penang zurückzufahren.

So stiegen denn alle befriedigt die Steintreppe hinab, die Tie-tie mit viel Mühe von Unkraut befreit hatte.

Yen-sun, dem dies nicht aufgefallen war, eilte zur Pagode, um mit dem Mönch im besprochenen Sinne zu reden.

»Warum hast du dich eingeschlossen?« rief er, als er vergeblich versucht hatte, die Tür zu Tie-ties Kammer zu öffnen.

»Weil ich im Gebet wiederzufinden hoffe, was ich verloren habe«, antwortete Tie-tie mit sanfter Stimme.

»Ich will dich nicht lange stören«, erwiderte Yen-sun. »Wir fahren jetzt ab, und ich muß dich vorher noch sprechen.«

Tie-tie schob den Riegel zur Seite. »Das ist mir sehr lieb, da ich eine Bitte habe.«

Yen-sun hob die Hände. »Verlange von mir, was du willst, aber verschone mich mit Belehrungen.«

»Diesem Wunsch kann ich leicht entsprechen, da ich jemandem, den ich der Belehrung für unwürdig erachte, eben dadurch eine Belehrung erteile«, entgegnete Tie-tie gelassen.

»Mit Phrasen kommen wir nicht weiter«, erboste sich Yen-sun. »Nenn mir also deine Bitte.«

Tie-tie wies auf die im Hintergrund des Raumes hockende Henne. »›Tang‹ wurde von einem Raubtier gerissen. Bring ›Ting‹ zu deinen Kindern zurück und sage ihnen, daß ich ihr ein gleiches Schicksal ersparen möchte.«

Yen-sun schaute einen Moment unschlüssig vor sich hin, erklärte dann jedoch mit aller Bestimmtheit: »Das kommt nicht in Frage. Die Henne bleibt hier! Und Ersatz für ›Tang‹ erhältst du in der nächsten Woche.«

Tie-tie legte flehend die Hände gegeneinander. »Ich bitte dich, das nicht zu tun. Ich will keine Hühner mehr haben.«

»Und ich kann deinen Wunsch nicht erfüllen, weil das Kuriosum der an der Leine geführten Hennen ein Bestandteil unserer Werbung ist«, ereiferte sich Yen-sun. »Und damit sind wir bei dem Thema angelangt, über das ich mit dir sprechen möchte. Ich gebe zu, daß unsere Fotos... Du verstehst schon, was ich meine. Wir haben sie aber nicht ausgewählt, um uns über dich lustig zu machen, sondern weil wir in einer Welt leben, in der Natürliches und Normales nicht mehr zieht. Man muß heute mit Tricks arbeiten, wenn man sich durchsetzen will, und du, deine Hühner, die Affen und das weiße Krokodil sind unsere Tricks. Pagoden gibt es überall. Mit einer, die im Dschungel steht, kann man die Menschen ebensowenig aus ihren Sesseln herauslocken wie mit einem braven Hausmütterchen, das man hinter einen Bartisch stellt. Attraktionen werden gebraucht. Deshalb wählten wir diese himmlische Pagode und...«

»...einen alten Mönch, aus dem ihr – Trick, Trick – einen Narren machtet. Nun gut, das ist euch gelungen. In Zukunft werdet ihr die von euch erdachte komische Gestalt aber vergeblich suchen.«

»Was willst du damit sagen?«

»Daß ich mich jedesmal einschließen werde, wenn ich euch kommen höre. Und nun bitte ich dich nochmals, ›Ting‹ mitzunehmen.«

»Ich denke nicht daran!« brauste Yen-sun auf. »Und das sage ich dir gleich: wenn du deine Drohung wahr machst und dich weigerst, unsere Gäste zumindest zu begrüßen, dann ... dann ... werden wir dir zeigen, daß wir die Stärkeren sind!«

»Ihr wollt mich zwingen?«

»Das liegt bei dir! Auf jeden Fall lassen wir uns unser mühsam aufgebautes Geschäft nicht ohne weiteres zerschlagen.«

»Dafür habe ich Verständnis«, entgegnete Tie-tie beherrscht. »Und auf der Suche nach einer im beiderseitigen Interesse liegenden Lösung bin ich nach reiflicher Überlegung zu der Überzeugung gelangt, daß es das Beste ist, wenn ich mich völlig von der Außenwelt zurückziehe. Betrachte deshalb dieses Gespräch als das letzte, das ich mit dir führe.«

Yen-sun wurde rot vor Zorn. »Ist das der Dank dafür, daß ich dich hierhergebracht habe? Nein, mein Lieber, so einfach geht das nicht! Ich habe dich mit allen lebensnotwendigen Dingen versorgt, und es ist bestimmt nicht zuviel verlangt, wenn du jetzt zum Ausgleich dafür hin und wieder die Rolle spielst, die wir dir zudenken mußten, um ins Geschäft zu kommen.«

Tie-tie schüttelte den Kopf. »Du kannst mir mein

Leben nehmen, aber nicht verlangen, daß ich, der ich das Gelübde ablegte, mein Dasein als Einsiedler zu beenden, mich nochmals von irgendwelchen Menschen umarmen, betasten und küssen lasse.«

Yen-sun kniff die Lider zusammen. »Ist das dein letztes Wort?«

»Ja. Und nun bitte ich dich, das Huhn zu nehmen und mich zu verlassen.«

»Einverstanden!« schrie Yen-sun mit sich überschlagender Stimme. »Ich garantiere dir aber, daß ich dem Biest dann auf der Stelle den Hals umdrehen werde! Hier vor deinen Augen! Und anschließend werden wir eine Jagd veranstalten, die zugkräftiger sein wird als alles bisher von uns Propagierte! Und weißt du, was wir jagen werden? *Dein* weißes Krokodil!«

Tie-ties faltenzerfurchtes Gesicht wurde aschgrau. Seine Hände zitterten und griffen nach Yen-sun, der sie rücksichtslos zur Seite stieß.

»Ich denke, daß ich mich klar genug ausgedrückt habe. Wer sich gegen mich stellt, ist mein Feind und wird mit allen Mitteln bekämpft. Überlege also gut, was du tust! Wenn du dich bei unserer nächsten Ankunft nicht unten an der Anlegestelle aufhältst, schaffen wir uns eine neue Attraktion, indem wir das Krokodil abknallen und es ausgestopft am Ufer zur Schau stellen.«

Tie-tie hatte vor Entsetzen kein Wort der Erwiderung finden können. Er war wie gelähmt gewesen, und erst nachdem Yen-sun ihn verlassen hatte, begriff er, vor welch teuflische Alternative er gestellt worden war. Es gab keinen Ausweg für ihn: Wenn er das weiße Krokodil retten wollte, mußte er die ihm zugedachte Rolle spielen, gleichgültig, wie es ihm dabei zumute war. Sein Paradies hatte sich in ein Gefängnis verwandelt; er konnte es nur zurückgewinnen, wenn er nicht widerwillig, sondern freudigen Herzens auf sich nahm, was man von ihm verlangte. Bestand nicht auch die Möglichkeit, daß Yen-sun ein Werkzeug des Himmels war? Daß er einer schweren Prüfung unterzogen werden sollte? Kein Tag war vergangen, an dem er nicht darum gefleht hatte, nach diesem Leben von der Wiedergeburt befreit zu werden und in das *Nirwana* zu gelangen. Es lag doch auf der Hand, daß der Allmächtige seinem Wunsche nicht entsprechen konnte, ohne zuvor festgestellt zu haben, ob er die erforderliche Reife erhalten hatte und die Kraft besaß, Haß mit Güte zu vergelten.

Tie-ties einfältiges Herz siegte im Widerstreit der Empfindungen. Noch ehe das von Yen-sun gecharterte Motorboot außer Sicht geraten war, ergriff er seine Gebetsmühle, um das schon halb zurückgewonnene Paradies betend zu umwandern.

Beim Verlassen seiner armseligen Kammer blieb

er jedoch wie angewurzelt stehen. Auf dem Boden des Tempels, den er mühsam gescheuert hatte, lagen Apfelsinenschalen, Papierreste und Zigarettenstummel.

»Om mani padme hum!« rief er entsetzt, doch schon im nächsten Augenblick eilte er mit vor Scham gerötetem Gesicht von einer Stelle zur anderen, um den entwürdigenden Unrat so schnell wie möglich fortzuschaffen.

Als er später ins Freie trat, glaubte er seinen Augen nicht trauen zu dürfen. Wohin er blickte, lagen Schachteln, Tragebehälter, Papierservietten, Obstschalen, Konservendosen und Eßreste umher. Der Platz vor der Pagode sah wie ein verlassenes Schlachtfeld aus. Die zur Anlegestelle hinabführende Steintreppe glich einem von Verkaufsständen geräumten, noch ungekehrten Marktplatz. Auf dem See schwammen Kartons, Papierschnitzel und andere Dinge. Die sonst unberührt auf dem Wasser liegenden, fast zwei Meter durchmessenden Blätter der weiß und hellrot blühenden *Victoria Regia* waren zerfetzt, als wäre eine Horde Lausbuben über sie hergefallen.

Tie-tie war außer sich. Es wollte ihm nicht in den Kopf, daß zivilisierte Menschen weniger Anstand besitzen als wilde Dschungelbewohner. Empörung erfaßte ihn, bis er sich sagte: Wer seine Mitmenschen zuviel tadelt, begibt sich in Gefahr, sie zu verlieren. Gehe also hin und sorge für Ordnung. Wer in einem Paradies leben will, muß es sich täglich neu erringen.

Es war erstaunlich, mit welcher Gelassenheit der greise Tie-tie alles auf sich nahm. Ohne Bitterkeit und ohne zu klagen machte er sich an die Arbeit, und als diese am folgenden Abend beendet war, setzte er sich zu ›Ting‹ und erzählte ihr, welch schönem Leben sie entgegengehe, da sie außer der neuen Gefährtin, die mit dem nächsten Schiff ankomme, in Zukunft allwöchentlich die leckersten Abfälle erhalten werde. Und nicht nur für sie, auch für das weiße Krokodil, für das er bereits einen beachtlichen Berg von Resten zusammengetragen habe, erhoffe er sich sehr gute Zeiten. Lediglich um die merkwürdig veränderten Affen, die seit dem Besuch schon beim geringsten Anlaß kopflos flüchteten, sei er ernstlich besorgt. Er habe jedoch bereits darüber nachgedacht, wie er ihre verständliche Angst vertreiben und das alte Vertrauensverhältnis wiederherstellen könne, und wenn ihm das gelinge, würden die Ausflügler künftighin gewiß kein Interesse mehr daran haben, sich lange hinter der Pagode aufzuhalten.

»Aber es wird zeitweilig sehr laut werden«, fügte er nachdenklich hinzu. »So laut, daß sich selbst der unten am Verkaufsstand stehende Yen-sun die Ohren zuhalten wird. Und dann werden er und sein übler Freund schon dafür sorgen, daß niemand mehr meinen für sakrale Umwanderungen geschaffenen Weg betritt.«

Tie-ties Plan war verblüffend einfach. Er nahm am nächsten Morgen zwei der aufgesammelten Bier- und Juicedosen und ging mit ihnen hinter die Pagode, wo er sie eine Weile kräftig gegeneinanderschlug und schließlich zwischen die Bäume warf, auf denen die Affen hockten. Dann kehrte er zurück und holte zwei weitere Dosen, mit denen er wiederum mächtig klapperte, bevor er sie fortwarf. Und als er zum drittenmal erschien, da war er nicht mehr der einzige, der blechernen Radau verursachte. Die gelehrigen Makaken hatten ihn verstanden und waren von dem herrlichen Spiel so begeistert, daß sie ihm die folgenden Dosen förmlich aus der Hand rissen. Und als sein Vorrat erschöpft war, hatte er ein Orchester in die Welt gesetzt, dessen Lärm eine Garantie dafür bot, daß kein Ausflügler mehr die Lust verspüren würde, sich freiwillig hinter die Pagode zu begeben.

Damit begannen für Tie-tie freilich höchst unangenehme Stunden. Er ertrug sie jedoch gerne, weil er sich sagte, daß der Eifer der Affen mit der Zeit erlahmen und nur in Augenblicken wiederaufleben werde, in denen sie in ihrer Ruhe gestört würden.

Seine Vermutung bestätigte sich, sein Vorgehen aber blieb eine Verzweiflungstat. Denn wie sehr er sich in den nächsten Wochen und Monaten auch bemühte, geduldig zu ertragen, was ihm zugemutet wurde, zumeist war er am Ende seiner Kraft, wenn er nach der erzwungenen ›Begrüßung‹ der Gäste, die in der Regel turbulent und ähnlich albern wie beim ersten Mal verlief, seine Kammer aufsuchte, um sich im Gebet zu erholen.

Nicht minder schwer fiel es ihm, nach Abfahrt der Ausflügler den zurückgelassenen Unrat zu beseitigen. Gewiß, es gab Tage, die ihn mit vielem versöhnten, Tage, an denen sich jeder zuvorkommend zeigte und es niemandem einfiel, über ihn zu lachen oder sich über ihn lustig zu machen. Bezeichnenderweise ließen so geartete Menschen auch nicht das Geringste liegen. Das kam jedoch so selten vor, daß es Tie-tie wie ein Wunder anmutete.

Am traurigsten aber war er darüber, daß das weiße Krokodil, um dessentwillen er sich selbst verleugnete und entwürdigende Arbeiten erledigte, kaum noch an das Ufer kam. Die schönen Zeiten, da er ihm täglich eine Geschichte erzählt hatte, waren dahin. Die Sandelholz-Pagode war zu einem Rummelplatz geworden. Ihren Tempel besuchte man wie ein Raritätenkabinett. Die Himmelsstufen symbolisierende und zu innerer Einkehr auffordernde Steintreppe war zu einem Picknick-Platz degradiert. Der einstmals verträumt anmutende See wurde nicht mehr von Wasserrosen, sondern von Booten mit Außenbordmotoren belebt. Die Windglöckchen an den Pagodendächern waren für gutes Geld ›davongeflogen‹. Die Ruhe war einem Wirbel gewichen, der kleine Kostbarkeiten in fremde Taschen fegte und erhabene Statuen der Lächerlichkeit preisgab.

Wahrhaftig, der greise Tie-tie wurde einer Prüfung unterzogen, wie sie schwerer nicht sein konnte. Es gab Tage, an denen der Kummer ihn überwältigte und Zweifel an der Richtigkeit seines Ausharrens aufkommen ließ. Es gab Stunden, in denen die Säuberungsarbeiten ihn so anstrengten, daß sein geschwächtes Herz den Dienst nahezu versagte. Es gab Minuten, in denen über seine Wangen Tränen rannen, deren er sich nicht erwehren konnte.

Es waren jedoch nicht körperliche Schmerzen, die ihn übermannten. Er weinte über mutwillige Beschädigungen, die er immer erneut an der Pagode und im Inneren des Tempels feststellen mußte. Unbegreiflich war es ihm, daß Menschen Gefallen daran fanden, Wände zu bekritzeln, Mörtel abzuschlagen, Steine auszubrechen, Skulpturen zu schminken und ihnen eine Zigarette zwischen ihre rot angemalten Lippen zu drücken.

Die furchtbarste Schändung aber entdeckte Tie-tie an einem Tage, da er unmittelbar nach der Abfahrt des Schiffes den im *Nirwana-Zustand* dargestellten Buddha aufsuchte. Was er in diesem Augenblick sah, traf ihn wie ein Keulenschlag: der Erhabene war seiner Füße beraubt!

»Allmächtiger!« schrie er in ohnmächtigem Schmerz und warf sich über die Figur, als wolle er sie schützen. »Wie kannst du solchen Frevel zulassen? Dein Auge sieht doch alles! Warum hast du den Täter nicht auf der Stelle vernichtet? Om mani padme hum! Was soll nun werden? Ich bin mitschuldig. Ja, ich bin mitschuldig, weil falscher Stolz mich hinderte, bei den Ausflüglern zu bleiben. Hätte ich mich nicht zurückgezogen, wäre dies nicht geschehen. Die Sandelholz-Pagode ist entheiligt! Das ist das Ende, das Ende...«

Tie-tie fühlte seine Kräfte schwinden. Kreise tanzten vor seinen Augen. Er glitt zu Boden, lehnte seinen Kopf an die Statue und dachte: Nicht jetzt und nicht hier. Ich bin nicht würdig...

Ohnmacht umfing ihn, aus der er erst am Abend wieder erwachte.

Der Anblick des geschändeten Buddhas verkrampfte sein Herz. Er betete, weinte und schlurfte gebrochen nach draußen.

Die Sonne war bereits untergegangen. Vom See wehte eine leichte Brise herauf. Der Klang der Windglöckchen aber war verstummt. Zu hören war nur das Rascheln des umherliegenden Papieres, mit dem der Abendwind gespenstisch spielte.

Die Nacht wurde für Tie-tie zur Qual. Halb wachend, halb schlafend, grübelnd und betend glitt er dem Morgen entgegen. Die Vorstellung, mitschuldig geworden zu sein, raubte ihm die Ruhe und weckte Selbstanklagen, in die er sich so hineinsteigerte, daß er zu der Überzeugung gelangte, nicht allein durch Unterlassungen, sondern auch durch die Art seines Wirkens eine echte Schuld auf sich geladen zu haben.

Sie ist nur in zweiter Linie bei den Ausflüglern zu suchen, sagte er sich. Die Hauptschuld liegt bei Yensun und mir. Beide sind wir, ohne uns dessen bewußt zu sein, mit der gleichen Unerbittlichkeit einem Phantom nachgejagt; nur mit dem Unterschied, daß Yen-sun den Reichtum auf Erden zu erringen wünscht, während ich mich nach der Seligkeit im Jenseits sehne. Beide verloren wir unsere Gelassenheit, wodurch wir, wie so viele Materialisten und Idealisten, unduldsam wurden. Und diesen Fehler begingen wir angesichts der Schönheit der Erde und des erregenden Wissens, uns auf einem Weg zu befinden, der von der Geburt zum Tode führt.

Als der Morgen graute, fiel es Tie-tie schwer, sich zu erheben. Er zwang sich jedoch, seinen täglichen Pflichten nachzugehen, und umwanderte die Pagode, obwohl es ihm zeitweilig so übel wurde, daß er Halt an der Mauer suchen mußte.

Dennoch konnte er sich nicht dazu entschließen,

sich wieder hinzulegen. Er wollte nicht grübeln und denken, sondern versuchen, sich durch kleine Aufräumungsarbeiten abzulenken. Von Schwäche übermannt, mußte er sie aber oftmals unterbrechen. Er setzte sich dann auf die Steintreppe und blickte wehmütig zu der Stelle hinüber, an der das immer seltener erscheinende Krokodil früher täglich aus dem Wasser herausgekommen war.

Vorbei, vorbei! Und er hatte davon geträumt, daß seine Seele dermaleinst vom weißen Krokodil fortgetragen würde – weit hinaus auf das Meer, dem Nirwana entgegen...

War es Zufall oder Schicksal? In einem Augenblick, da Tie-tie auf einer Stufe sitzend solchen Reminiszenzen nachhing, hörte er plötzlich das unverkennbare »Tschip-tschip-hooiiit« des Trochylus, und gleich darauf entdeckte er die Kiellinie des weißen Krokodils, das zügig auf das Ufer zuschwamm, dort einen Moment verharrte und dann langsam an Land kroch.

Tie-tie hastete mit wehender Kutte die Steintreppe hinunter.

Das Krokodil glotzte ihn an, als wolle es sagen: Warum so eilig? Es kann uns doch niemand stören.

»Wie schön, daß du gekommen bist!« rief Tie-tie, als er seinen angestammten Platz erreicht hatte. »Gerade heute! Wenn du wüßtest...« Er unterbrach sich und griff sich nach dem Herzen.

Das weiße Krokodil legte den Kopf wie lauschend zur Seite.

»Dein Kommen gibt mir neue Kraft«, fuhr Tie-tie nach kurzer Pause, während der er einige Male tief Luft geholt hatte, mit schwacher Stimme fort. »Heute morgen glaubte ich schon… Aber jetzt geht es mir wieder besser. Nur manchmal…« Er stockte und strich sich über die Stirn. »Manchmal…«

Das weiße Krokodil wurde unruhig und witterte nach allen Seiten.

Tie-tie stützte sich auf das Treppengeländer. Seine Sinne schwanden und kehrten zurück. Er sah das Krokodil wie auf der Mattscheibe eines Fotoapparates. »Warte«, keuchte er. »Ich bin wahrscheinlich… zu schnell… gelaufen. Die Freude…«

Seine Hände umklammerten die Brüstung. Der See, das Krokodil, der am Ufer stehende Regenbaum und der dahinterliegende Dschungel erschienen ihm plötzlich unheimlich nahe. Er blickte zur Pagode hinauf, deren geschwungene Dächer in den Himmel hineinzuragen schienen. Unsagbar klar und schön war alles. Er glaubte die Windglöckchen zu hören.

Ein Glücksgefühl erfaßte ihn. *Sein* Krokodil war gekommen! Und mit Yen-sun war er versöhnt. Es gab nichts mehr, was ihn bedrückte.

Vor seine Augen schoben sich Schleier. Seine Hände entkrampften sich und gaben das Geländer frei. Er sank auf die Stufen der Steintreppe und hatte das Gefühl, gehoben und fortgetragen zu werden.

Das weiße Krokodil duckte sich und kroch langsam zum See zurück, wo es sich in das Wasser gleiten ließ, als habe es eine kostbare Last übernommen.